KB150718

이대로 살아도 좋아

일러두기
독자의 이해를 돕고자, 본문에서 용수 스님은 'Y',
박산호 작가는 'S' 이니셜로 간단히 표기했습니다.

이대로 살아도 좋아

1판 1쇄 인쇄 2024년 6월 11일
1판 1쇄 발행 2024년 6월 18일

지은이 용수 스님×박산호
발행인 강미선
편집 강미선
디자인 표지 ARIA **본문** 윤미정 | **일러스트** 김다예

발행처 선스토리
등록 2019년 10월 29일 (제2019-000168호)
전화 031)994-2532
이메일 sunstory2020@naver.com

ISBN 979-11-987072-2-2 (03810)
값은 뒤표지에 있습니다.

매일 어김없이 떠올라 세상을 비추는 해처럼
선하고 이로운 이야기를 꾸준히 전합니다.

이대로 살아도 좋아

용수 스님 × 박산호 지음

있는 그대로 나를
사랑하는 마음연습

선스토리

우리는 우리 자신을
받아들이기 위해 태어났습니다

—

용수 스님

1년 전쯤 선스토리 출판사 대표님께 연락이 왔습니다. 제가 SNS에 올리는 글이 솔직해서 좋다고 하시면서, 우리 주변의 힘들게 사는 사람들에게 도움이 될 책을 내자고 제안하셨지요. 대표님의 순수한 마음이 느껴지고 이것도 인연인가 싶어서 수락했습니다. 혼자 쓰는 것보다 공동 저자가 있으면 더 현실적이고 풍성한 이야기를 책에 담을 수 있을 것 같았습니다. 대표님도 제 제안을 좋다고 하셔서 페이스북에서 글로만 만났던 박산호 작가님과 대표님과 셋이 1년 동안 틈틈이 만나서 커피를 마시며 유익하고 즐거운 이야기를 나눴어요. 책은 얼마나 판매될지 결과와 상관없이 1년간의 만남이 저에게는 참 소중한 시간이었습니다.

의식 높은 두 분과 정신적으로 고통받는 현대인들에게 도움이 될 만한 여러 주제로 대담하며 책을 만들었습니다. SNS가 이어준 우리 세 사람의 인연을 이야기하면서 SNS로 힘들어하는 현대인들에 관해 이야기를 나누었고, 자연스럽게 외로움, 분노, 질투, 수치스러움, 중독 등 우리를 괴롭게 하는 감정들을 어떻게 다루어야 하는지 지혜를 나누었습니다. 결국 우리의 모든 이야기는 행복하기 위해서는 죽음을 알아야 한다는 결론으로 이어졌습니다. 우리가 가진 모든 두려움은 죽음을 제대로 알지 못해서 생기기 때문입니다.

박산호 작가님께 들려드린 이야기는 실제로 저를 찾아오는 많은 내담자에게 해주었던 이야기이기도 합니다. 많은 분이 주로 가족이나 지인 등 가까운 관계에서 고통받을 때, 삶에서 예기치 못한 불행을 만났을 때 저에게 상담을 옵니다. 그럴 때 저는 조언보다 공감을 먼저 해주려고 노력합니다. 사람이 몸이 아프면 병원에 가서 치료받는 게 먼저이듯, 마음도 마찬가지입니다. 공감이 먼저입니다. 때로는 저의 아프고 어두운 기억을 꺼내어 공감해주기도 합니다. 제 아픔을 꺼내야 상대방의 아픔을 함께할 수 있기 때문입니다. 진정한 공감을 해주면, 상대방에게도 나에게도 힘이 되기 때문입니다. 이 책에서도 저는 박산호 작가님이 말씀하신 현대인의 여러 어려움에 먼저 공감하고자 했습니다.

또 저는 우리 자신을 바꾸려는 노력보다, 있는 그대로 우리 자신을 수용하는 것이 삶에서 중요하다는 걸 전하고

자 했습니다. 우리는 우리 자신을 바꾸기 위해 태어난 것이 아니라, 우리 자신을 받아들이기 위해 태어난 것이기 때문입니다. 스님인 저도 삶을 잘 살기가 어려워, 아직까지 받아들임을 배우고 있습니다.

타인에게 공감하고 우리 자신을 있는 그대로 받아들이는 것, 어쩌면 그것이 이 책이 말하는 모든 것인지도 모르겠습니다. 우리가 삶에서 느끼는 크고 작은 어려움을 어떻게 직면해야 하는지, 이 책을 읽는 분들이 저희의 대화에 공감하고 조금이라도 삶의 비전을 찾아갈 수 있길 바랍니다. 바른 견해가 있으면 많은 고통을 피할 수 있고 내일이 아닌 오늘 행복할 수 있습니다. 괜히 불행한 많은 분에게 도움이 되리라 확신하며 그러기를 간절히 바랍니다.

그리고 나의 친구 두 분의 삶이 건강하고 행복했으면 하는 간절한 마음입니다. 나는 해탈하고 두 분은 대박 나면 좋겠습니다.

차례

1장

우리는 왜
SNS를 할수록
불행해질까?

이유 없이 스크롤 내리는 습관이
우리를 불행하게 만듭니다

#질투 #비교 #출리심 #보리심

🎙 S   스님도 SNS를 정말 활발하게 하시는 것 같습니다. 요즘 저의 하루는 스님의 페이스북 글을 읽는 걸로 시작하거든요. 그런데 이러한 SNS가 우리 삶을 풍요롭게 만들어주기도 하지만, 반대로 우리 삶을 너무 지치게 만드는 것 같기도 해요. 예를 들어 저는 하루에 적어도 7~8 시간은 꼬박 일해야 한 달 생활비를 벌 수 있거든요. 그런데 곰곰히 시간을 따지면 컴퓨터 앞에 8시간을 앉았다고 해도 페이스북을 비롯한 SNS를 들락날락거리면서 제가 올린 포스팅에 댓글을 달거나, 새로 올라온 포스팅들을 읽고 댓글을 다는 데 두세 시간은 쓰는 것 같습니다. 가장으로서

정말 반성해야 하는 부분이지만, 생각처럼 잘 고쳐지지 않아 고민이에요. 저처럼 재택근무를 하는 프리랜서들은 SNS가 일하는 중간중간 정신적으로 쉴 수 있는 쉼터 같은 기능일 때도 많거든요.

스님도 하루에 SNS를 꽤 많이 하시잖아요? 일상의 모습을 릴스로도 올리시고요. 스님이 그렇게 SNS에 몰두하시는 모습을 상상해보니 웃음이 나더라고요. 그러고 보니 스님이 SNS에서 여러 차례 평정심이 중요하다고 말씀하신 게 기억납니다. 하지만 아이러니하게도 그 평정심을 가장 지키기 어려운 공간이 또 SNS인 것 같아요. 특히 2030 세대에게는 더욱 그렇고요. SNS가 없을 때는 평범한 사람들이 부자의 삶을 알 수 없었잖아요? 모르는 걸 부러워할 수는 없으니까요. 물론 드라마에 재벌 이야기가 나오긴 하지만 말그대로 드라마 속 이야기였는데 SNS, 특히 인스타그램에는 부자의 일상이나 화려한 휴가가 아주 적나라하게 보이잖아요. 그런 인생을 어떻게 부러워하지 않을 수 있을까요? 나는 한 달에 200만 원 남짓한 돈을 벌려고 죽어라 일하다 잠깐 SNS를 켰는데 남들은 호캉스 왔다고 자랑하면서 방금 체크인한 5성급 호텔 스위트룸 사진, 아름다운 발

코니에서 칵테일 마시는 사진, 보기만 해도 눈이 휘둥그래지는 사치스러운 레스토랑에서 예술작품처럼 아름다운 요리를 찍은 사진이 촤르륵 뜨잖아요. 그러니 상대적으로 박탈감을 느낄 수밖에 없고 내 인생은 뭔가, 난 이 지구별에서 뭐 하고 있나, 하는 현타가 올 것 같습니다.

🎙 Y　　그 마음 충분히 이해합니다. SNS를 하며 불행한 마음이 드는 가장 큰 이유는 보이는 이미지에만 집착하고 타인과 나를 비교하기 때문이죠. SNS를 많이 할수록 우울증에 걸린다는 이야기도 있잖아요? 제가 읽은 한 논문에서 밝히길 소셜 미디어를 일주일 동안 중단하는 실험을 했더니 행복도가 높아지고 우울증이나 불안이 개선되었다고 합니다. 남들과 나를 비교할수록 불안과 우울이 높아질 확률이 높다는 이야기죠. 그런데 우리 다 알지 않나요? 나만 빼고 모두 행복해 보여도 막상 그 사람의 삶을 찬찬히 들여다보면 온전히 행복하진 않다는 사실을 말이죠. 저마다 힘든 사연을 하나씩 갖고 있죠.

　저는 SNS와 현대인의 삶은 떼려야 뗄 수 없다고 생각합니다. 그런데 지금처럼 너무 보이는 이미지에만 관심을 가지면 집착이 생길 수밖에 없습니다. 생각해보세요. 갑자기 돈이 많이 생기고 유명해지고, 사람들에게 많은 관심을 받게 되면 어떻게 될까요? 그것에 집착하게 되거든요. 그 집착이 언젠가 자기 자신을 무너뜨립니다.

SNS를 안 할 수 없는 시대입니다. 현대인이라면 스마트폰을 안 가지고 다닐 수 없으니까요. 그렇다면 가장 중요한 것은 이 스마트폰, SNS와 어떻게 건강한 관계를 형성할수 있을까 하는 문제입니다. '실제'를 알아야 합니다. 실제를 모르고 이미지에만 집착하면 행복할 수 없습니다. 실제를 잘 파악하지 못하면 무엇이 자신에게 이익이 되고, 해가 되는지 모르니까요. 구별할 수 없으니까요. 오늘 이야기나누며 이 실제를 제대로 깨우치는 방법을 알려드리고 싶습니다.

🎙 S   뭔가 엄청난 꿀팁이 나올 것 같아 기대됩니다. 참고로 제가 최근에 《구독, 좋아요, 알람설정까지》라는 책을 읽었는데요. 인류학을 공부한 저자가 총 16개월 동안 2천 명 이상의 팔로워를 보유한 소셜 미디어 인플루언서 325명을 만나서 심층 인터뷰를 진행하며 그들이 느끼는 유명세

의 의미는 무엇인지, 어떻게 IT 기술을 활용해 사람들 시선을 끌어내는지, 노력 끝에 원하는 것을 얻었는지 알아본 책이에요. 즉, 유명세가 가져올 긍정적인 측면과 부정적인 측면은 무엇인지를 묻고 해답을 구하려고 시도한 책입니다.

시쳇말로 이제는 소위 흙수저로 태어나면 부자가 될 기회가 줄어든 세상이잖아요. 아니, 조금 더 냉정하게 표현하면 계층 이동을 할 수 있는 사다리 자체가 사라졌다는 비관적인 분위기가 우리 사회를 압도적으로 지배하잖아요. 그런 환경에서 부자가 되고 싶고 또 유명해지고 싶은데 기회가 좀처럼 없는 흙수저 청년들에게 SNS는 좀 더 평등한 기회를 제공하는 무대처럼 보이기도 합니다. 현실은 다를지라도 말이죠.

앞서 언급한 책의 저자는 SNS로 유명세를 얻고 싶은 인플루언서들을 조사해서 크게 세 종류로 나눴습니다. 육체파, 정신파, 물질파. 쉽게 말해 미모 자랑, 지식 자랑, 돈 자랑이죠. 스님이 남들한테 보이는 이미지에 집중하는 사람들이 인스타그램에 많이 몰려 있는데 그게 불행의 원인이라고 아까 말씀하셨잖아요.

이 책의 핵심 메시지도 그거예요. SNS로 돈을 벌거나 유명한 셀럽이 되고 싶은 2030 세대를 인터뷰하다 보니까 그런 유명세를 얻기가 생각보다 어렵다는 사실이 드러났습니다. 예를 들어 아름다운 외모로 주목받고 싶은 육체파는 하루에 셀카를 평균 10장 정도 찍는다고 합니다(사실 주위에 매일 셀카를 올리시는 분들을 보면 그 이상 찍을 것 같기도 합니다만). 그러면 외모 관리를 위해 눈앞에 아무리 맛있는 케이크나 치킨이 유혹해도 못 먹잖아요? 운동도 하루에 몇 시간씩 해야 하고. 그러다 보니 일상이 무너지는 사람도 많다고 하더라고요.

제가 생각해도 그럴 것 같습니다. 불교에서는 허상에 집착하지 말라고 하죠. 스님이 여러 차례 강조하신 것처럼 나의 본질을 지켜야 한다고 하지만 오히려 지금은 허상의 이미지를 팔아서 먹고사는 청년들이 많은 것 같아요. 그런 이미지는 그야말로 뼈를 깎는 노력을 해야 지속할 수 있고, 언제든 잃을 수 있는 자원이란 생각에 항상 마음이 불안할 것 같습니다.

● Y　　그래서 행복에 대해 바른 견해를 가지는 게 지금 우리 삶에서 가장 중요합니다. 세상이 행복의 기준으로 삼

는 돈이나 명예, 외모를 얻는다고 정말 행복할까요? 사실 과거를 떠올려보면 지금처럼 잘 먹고 잘 살 때가 없었잖아요? 그런데도 불행한 사람이 과거보다 훨씬 많아요. 잘 먹고 잘 사는 나라에 더 불행한 사람이 많아요. 결국 잘 먹고 잘 사는 게 행복의 조건이 아닌 거죠. 물론 돈이 너무 없으면 불행할 수 있지만, 우리 주변만 둘러보아도 사실 극심한 가난에 시달리는 사람은 많지 않습니다.

결국 행복에 대한 세상의 기준이 아닌 내가 정한 기준이 필요합니다. 저는 보이는 이미지에만 집착하는 이들에게 '출리심'을 전하고 싶습니다. 출리심은 행복의 바른 정의입니다. 살아온 대로 살지 않고 다르게 살고 싶은 마음이 출리심입니다. 좀 더 의미 있고 보람 있게, 행복을 바르게 추구하며 살고 싶은 마음이죠.

SNS와 연결해 출리심을 더 자세히 설명해볼까요? 이유 없이 스크롤 하며 시간을 낭비했다면, 이제 그 습관을 고쳐보세요. 그 습관이 우리에게 불행을 가져다주는지도 몰라요. 어떻게 보면 인스타그램은 시쳇말로 '자뻑'입니다. 자기도취죠. 좋은 것만, 잘 사는 모습만 올리니까요. 그런 사진이나 영상을 보다 보면 마치 나만 불행한 것 같죠.

현대인의 불안과 우울의 주요인은 남들과의 비교입니다. 출리심을 가져보세요. 이유가 없으면 안 보는 거죠. 이유 없이 휴대폰을 안 만지겠다는 것, 이유 없이 스크롤 하지 않겠다는 것, 이유 없이 멍때리지 않겠다는 것, 즉 살아온 대로 살지 않겠다는 의미가 출리심입니다. 다르게 살겠다고 마음먹는 것이 출리심입니다. SNS 접촉 빈도를 줄이는 것도 출리심입니다. 그 대신 산책을 한다든지, 책을 읽는다든지 하며 혼자 시간을 보내보세요. 현대인은 너무 습관적으로 스크린을 접해요. 스크린을 보는 일이 나쁘다는 것이 아니라, 이유 없이 보는 것이 안 좋다는 겁니다. 계속 자극적인 것을 접하는 습관은 우리에게 좋지 않습니다.

자비심 즉, 보리심의 길도 도움이 될 수 있습니다. 자비심은 함께 기뻐하는 마음입니다. 내가 행복할 때 남들도 행복한 마음을 갖길 바라는 것이죠. 내가 힘들 때 남이 힘든 것을 이해할 수 있는 마음이기도 합니다. 불행할 때도 행복할 때도 자비심을 가지면 좀 더 마음의 평정을 누릴 수 있습니다. SNS를 보며 부러운 마음을 함께 기뻐하는 마음으로 바꾸는 연습을 해보세요. 불교에서는 함께 기뻐하면 그 사람의 행복이 나에게 오고, 그 사람의 복이 나에게 온다고 합니다. 이렇게 자비심을 기르는 것이 행복을 이루는 매우 중요한 조건이 됩니다. 자비심이 있는 만큼 행복하고, 없는 만큼 불행합니다.

받아들임의 마음습관도 권하고 싶습니다. 너는 그렇고, 나는 이렇구나 하며 자신을 받아들이는 거죠. 사람들이 행복하지 못한 가장 큰 이유가 비교라고 했습니다. 비교하는 마음은 나를 바꾸려는 노력으로 이어지기도 합니다. 남들처럼 행복해지려면 자기계발을 더 해야 한다든지, 나 자신을 바꿔야 한다든지 하면서 갭을 줄이려는 노력을 하죠. 작가님도 그런 노력을 평생 해오지 않으셨나요? 하지만 이제는 아시죠? 그 갭을 줄이는 일이 매우 어려운 일이라는 걸요. 어쩌면 불가능한 일입니다.

하지만 우리는 있는 그대로의 자기 자신을 받아들일 수는 있습니다. 있는 그대로 받아들이는 것이 자기 자신을 사랑하는 최선입니다. 변해야 한다는 강박이 없기 때문에 행복합니다. 그 한 가지만 깊이 알 수 있다면, 우리는 내일이 아닌 오늘 행복할 수 있습니다. 나중이 아닌 지금 행복할 수 있습니다. 이것이 받아들임이 주는 선물입니다.

출리심을 가져보세요.
이유가 없으면 안 보는 거죠.
이유 없이 휴대폰을 안 만지겠다는 것,
이유 없이 스크롤 하지 않겠다는 것,
이유 없이 멍때리지 않겠다는 것,

즉 살아온 대로 살지 않겠다는 의미가
출리심입니다.
다르게 살겠다고 마음먹는 것이
출리심입니다.
SNS 접촉 빈도를 줄이는 것도
출리심입니다.

행복도 고통도 가짜입니다
그러려니 하세요

#욕망 #명예 #세속적성취 #마음의성취

● S 스님 말씀에 정말 공감해요. 저도 40대 초반까지
는 욕망의 힘이 너무 세서 거기 사정없이 휘둘리며 살았던
것 같습니다. 스님 말씀대로 있는 그대로의 저를 받아들이
기보다 이상적으로 생각하는 저를 추구했던 시절이 있었
어요. 그런데 살아온 시간이 길어지고 흰머리가 하나씩 돋
아나면서 세상이 뜻대로 안 된다는 걸 알게 됐고, 마치 도
장 깨는 것처럼 마음속에 솟구치는 욕망을 하나씩 충족시
키며 사는 게 다가 아니란 걸 알게 됐어요.

예를 들어 그때 저는 이 정도는 벌어야 한다는 연봉 기
준에 맞추기 위해 과로를 밥 먹듯 했고, 제가 원하는 이상

적인 외모의 이미지를 정하고 그에 도달하기 위해 매일 다이어트를 했거든요.

그렇게 목표 하나, 그러니까 욕망 하나를 이루고 나면 행복해질 줄 알았는데 거기서 더 업그레이드된 욕망이 계속 생기는 거예요. 마치 두더지 잡기처럼 욕망이 끝도 없이 솟아오르더라고요. 처음 번역을 시작했을 때는 한달에 300만 원만 벌어도 너무 행복할 것 같다고 생각했는데 300만 원을 버니 500만 원을 벌고 싶고 이런 식으로요. 어느 순간 이런 악순환이 끝나지 않을 것이란 걸 깨닫게 되니 정작 목표를 달성해도 전혀 행복하지 않더라고요. 그렇다면 정말 중요한 건 뭘까 곰곰이 생각해보다가 결국 몸과 마음의 건강과 평화에 관심을 갖게 됐습니다.

그래서 마음공부를 해보려고 책과 유튜브 영상을 많이 찾아봤는데, 그중에도 스님 말씀과 비슷한 이야기가 많았습니다. 많은 청년이 재테크나 취직 공부를 정말 열심히 하고 있잖아요. 그런데 사실 젊었을 때부터 시작해야 하는 건 마음공부라고요. 그 말에 크게 공감했어요.

마음공부를 잘해서 내 마음에 단단한 토대를 쌓아놓으면 객관적으로 나 자신을 볼 수 있고, 가난이라든지 본인이 보기에 만족스럽지 못한 외모라든지 빈약한 지식이나 주목받지 못하는 삶이라고 해도 그걸 있는 그대로 인정하고 거기서부터 충분히 변할 수 있잖아요. 그런데 사회적으로 인정받는 목표에만 집착하다 보니까 이상과 현실의 괴리감을 뛰어넘지 못해 마음이 너무 괴로운 거였어요.

이 좋은 걸 20대 때 알았더라면 20대가 그토록 고통스럽지 않았을 텐데 말이죠. 우리는 흔히 20대가 가장 힘차고 빛나고 아름다운 청춘이라고 생각해서 막연히 그 시절을 숭배하지만, 대부분의 중년에서 노년에게 20대로 돌아가고 싶냐고 물어보면 거의 아니라고 대답할 것 같습니다. 젊은 만큼 흔들리고 불안하고 가난한 시절이 또 그때니까요. 그러니 바람만 불어도 한없이 흔들리는 20대에 지식이나 명예를 쌓아 올리는 것보다 마음공부를 해두면 그때부터 남은 인생은 벽돌 쌓듯 차근차근 자기라는 세계를 만들어갈 수 있을 것 같은데. 그 순서가 바뀌면 50~60대에 너무 힘들어지는 거죠.

● Y　　맞습니다. 불교에서는 자기 마음을 잘 보살피며 마음공부를 하는 사람에게 두 가지 성취가 온다고 합니다.

세속적 성취와 마음의 성취가 그것입니다. 세속적 성취란 우리도 잘 알고 있듯이 잘 먹고 잘 사는 것을 의미하죠. 마음의 성취를 가지면 세속적 성취는 덤으로 얻을 수 있습니다. 자비심과 이타심이 복을 불러오기 때문입니다. 그렇다면 마음의 성취는 어떻게 얻을 수 있을까요? 마음의 성취는 마음의 평화, 마음의 자유, 마음의 건강이 있으면 저절로 따라오는 것이라고 할 수 있습니다.

요즘 괴로운 일이 있었나요? 그렇다면 한번 생각해보세요. 일이 꼬이고 잘못되어서 힘들다고 하지만 정작 그 본질을 보면 해결할 건 마음뿐입니다. 바깥이 문제가 아니라 나의 마음이 문제인 겁니다. 지금 겪는 너무나 어렵고 해결할 수 없을 것만 같은 상황은 사실 어떻게 될지 알 수 없어요. 인생은 항상 좋은 일과 안 좋은 일이 같이 생기니까요. 몸이 아팠다가 좋아지기도 하고, 일이 꼬였다가 잘 풀리기도 합니다. 그게 인생입니다. 어쩌면 문제는 안 좋은 일을 받아들이지 못하는 우리의 마음일지도 모릅니다.

'그러려니' 하는 마음 자세를 가져보세요. 무슨 일이 있어도 그러려니 하세요. 행복이 있을 때도 그러려니 하시고, 고통이 있을 때도 그러려니 하시면 됩니다. 맨날 행복하고 맨날 좋은 일만 있기를 바라는 마음이 문제입니다. 매우 비현실적이죠. 행복을 원하면 고통도 원해야 합니다. 아니면 둘 다 원하지 말든지요. 행복도 고통도 가짜입니다. 속지 말고 그러려니 하세요. 힘이 있다가 힘이 없고, 기분이 좋았다가 기분이 나쁘고, 좋은 일이 있다가 안 좋은 일이 생기고 하는 것이 인생입니다. 좋은 경험도 나쁜 경험도 없어요. 받아들이면 좋은 경험이 되고 받아들이지 못하면 안 좋은 경험이 됩니다. 무슨 일이 있어도 그러려니 하세요.

좋은 일이 생겨도 나쁜 일이 생겨도 구체적인 방법은 결론을 내리지 않는 것입니다. 저는 수없이 이걸 경험했습니다. 기다려보십시오. 그럼 모든 것이 저절로 해결됩니다. 삶을 순탄하게, 자연스럽게, 흐름대로 살아가려는 노력이 중요합니다.

지금 행복이 진짜입니다

#명품 #박탈감 #지금행복

● S   요즘 2030 젊은 청년들에게 욕망은 아주 구체적인 것 같습니다. 예를 들면 제가 젊었을 때 욕망이란 계단처럼 낮은 데서 높은 데로 단계적으로 올라가는 거였어요. 명품을 사고 싶다면 구찌, 루이비통, 샤넬 이런 식으로 천천히 한 계단씩 올라갔습니다. 그런데 요즘은 처음부터 가장 최대한의 욕망을 원하는 것 같아요. 욕망의 실체도 아주 구체적이고요. 이 호텔에서 망고빙수를 먹어야 하고, 저 호텔에서는 파인 다이닝 코스 요리를 먹어야 하고, 청담동 일식집에서는 얼마짜리 오마카세를 꼭 먹어야 한다든지 하는 식으로요. 이렇게 값비싼 인증샷을 찍는 것이

소위 말하는 소확행의 공식 같아요. 집이나 차 같은 구체적이고 실질적인 부의 증거를 소유할 수 없을 때 오는 박탈감을 이런 일시적이고 과시적인 소비로 채우려는 마음도 있는 것 같고요. 사실 집이나 차 같은 건 진짜 돈이 있어야만 가질 수 있으니까요.

물론 요즘은 경기가 워낙 안 좋아서 그러한 열풍이 좀 시들해졌지만, SNS로 현재 자신의 반짝이는 모습을 과시하는 분위기는 여전한 것 같습니다. 그래서 요즘 청년들이 좀 안쓰럽기도 해요. 채워야 할 욕망이 너무 거대하고 너무 휘황찬란하니까요.

저도 홀어머니 밑에서 대학교를 겨우겨우 마쳤지만 그때는 학교 분위기가 전반적으로 다 같이 가난했거든요. 부잣집 친구가 있어도 "야, 오늘은 학교 앞 식당에서 내가 돼지고기 백반 쏠게." 이 정도였어요. 그것만 해도 너무 행복했고, 자판기 커피 한잔 마시며 교정을 거닐어도 좋아하는 친구가 옆에 있다면 즐거웠던 '가난한 낭만'이 가능한 시절이었어요. 하지만 요즘은 20대가 살아가기 쉽지 않은 세상입니다.

사실 요즘 2030들 숨만 쉬어도 들어갈 돈이 너무 많잖아요? 대학교 다니는 친구라면 학비는 물론, 핸드폰 요금에, 교통비에, 밥도 먹고 커피도 마셔야죠. 지방에서 올라온 친구라면 집세까지 더해지니 생활비가 배로 들 것이고요. 친구들과 만나고 소통할 때 주로 인스타그램을 쓸 텐데, 어떤 친구는 유럽 여행 돌고 있고, 어떤 친구는 유명한 호텔 가서 놀고 있고, 그런데 나는 당장 알바하러 가야 하고. 피부로 느끼는 빈부격차가 너무 거대해서 아득할 것 같아요. 이런 시대에 행복을 올바르게 정의해야 한다는 스님의 말씀이 너무 당위적으로만 들리지 않을까 염려되기도 해요. SNS에서 나보다 물질적으로 풍요로운 사람을 매일 보면서 느끼는 상대적 박탈감을 어떻게 해소할 수 있을까요?

● Y　부에 관한 잘못된 마음습관이 가장 큰 문제입니다. SNS를 하면서 가장 우리 마음을 괴롭히는 것이 돈인 것 같아요. 부에 대한 열망이 클수록 돈을 갈망하고, 동경하고, 돈이 많은 사람을 부러워합니다. 문제는 그에 비례해 가난한 사람을 무시하는 마음습관도 생긴다는 것입니다. 더 고통스러울 수밖에 없죠.

S   돈에 대한 열망이 클수록 가난한 사람을 무시하는 마음습관이 생긴다는 말씀이 인상적입니다. 요전에 꿨던 꿈이 생각나요. 번역 일이 확 줄어들면서 요 몇 달 사이 마음이 많이 힘들었어요. 그래도 내심 괜찮아, 잘될 거야, 다 지나갈 거야, 라고 제 자신을 다독였죠. 그런데 그 꿈을 꾸고 나서 내 마음이 괜찮지 않구나, 깨닫고 놀랐어요. 어떤 꿈이었냐면 제가 일이 없어 가난하고 초라해졌는데, 그런 저를 사람들이 따돌려서 제가 상처받고 움츠러드는 꿈이었죠. 그때 알았어요. 내가 가난해지는 걸 두려워한 게 아니었구나, 가난해져서 사람들이 나를 무시하고 소외시킬까봐 그게 두려웠던 거구나.

Y   정말 좋은 깨달음을 얻으셨네요. 비유해볼게요. 모든 사람에게는 돈 욕심이 있습니다. 큰돈이 생기면 안 좋아할 사람 없죠. 하지만 그 큰돈이 얼마나 중요한지는 사람마다 다릅니다. 정말 돈 욕심이 없는 사람도 있고, 반대로 겉으로는 돈 욕심이 없다고 하면서도, 속으로는 그 누구보다 돈 욕심이 많은 사람도 있죠. 자신의 무의식에 숨어 있는 생각이라서 바로 알지 못하는 것입니다. 인정하

고 싶지 않은 거죠. 숨기고 싶은 거죠. 하지만 스스로 자신의 욕망이나 욕심을 인정하면 날아갑니다. 즉, 통찰이 생기면 날아간다는 말입니다. 나는 돈이 중요한 사람이라는 걸 알면 돈에 대한 집착이 날아간다는 것입니다. 작가님도 남을 의식하는 시선이 무의식에 있다는 것을 깨달았기 때문에 그 집착이 날아간 것입니다.

🍴 S　　그 꿈을 꾸고 친구들에게 물어봤어요. 내가 정말 힘들어서 50만 원만 빌려달라고 하면 그럴 수 있냐고요. 정말 고맙게도 친구들이 하나같이 당연히 그러겠다고 했습니다. 묻지도 따지지도 않고 바로 보내겠다는 친구도 있었어요. 제가 가난해졌다고 저를 무시할 사람은 현실에 없었던 거죠.

🖐 Y　　작가님이 왜 그런 악몽을 꾸셨는지도 이해됩니다. 우리 한국 사회에는 유독 가난한 사람이 더 가난한 사람을 무시하는 습관이 만연한 것 같아요. 말씀드렸듯이 부를 갈망할수록 가난에 대한 두려움이 커지기 때문인 것 같습니다. 한국 사회가 '부'를 누리게 된 게 오래되지 않았기

때문에 성숙하지 못한 탓일 수도 있고요. 미국 LA에 사는 한국인들의 모습이 떠오릅니다. 좁은 집에 살면서 벤츠나 BMW 같은 비싼 차를 몰고 다니는 사람들이 참 많았죠. 보이는 모습에 많이 집착하는 것입니다. 제가 얼마 전 유럽과 네팔을 다녀왔는데, 다시 한국에 돌아왔을 때 이런 생각을 했어요. 여기는 돈이 신이구나. 사람들이 돈 있는 사람에게 유독 권위를 실어주는구나.

돈뿐 아니라 외모에 관해서도 마찬가지입니다. 돈이나 명예가 있는 것은 힘이 아니며, 예쁘고 잘생긴 것도 힘이 아닙니다. 그런데 우리가 잘못된 마음습관으로 잘생기고 돈이 많은 사람에게 힘을 주지요. 그 사람이 자비심이나 이타심을 가지고 훌륭한 일을 해서 존경받을 만한 가치가 생긴 게 아니잖아요? 그런데 우리가 그런 가치 없는 것에 가치를 준다는 거죠. 현대사회에서 SNS라는 문화가 이런 잘못된 마음습관을 더 강화합니다.

그런데 생각해보면 저도 청년 시절, 보이는 것에 대한 집착이 강했지요. 대학생 때 저는 제 수준에선 너무 비싼 스포츠카를 리스로 샀어요. 아버지가 준 낡지만 멀쩡한 차가 있었지만, 멋있어 보이는 스포츠카를 몰고 싶었던 거죠. 아르바이트로 겨우 돈을 벌어 생활하는데, 리스 비용을 어떻게 감당하겠어요? 시간이 지나자 스포츠카만 보면 가슴이 답답해졌어요. 그러던 어느 날 운전하다 신호등 앞에 멈춰 섰는데 옆에 선 볼품없는 똥차가 너무 부러운 거예요. 바꾸자고 하고 싶을 정도로 너무 부러웠어요. 리스비용이 너무 버거웠던 거죠. 그때 경험이 물질적인 집착을 조금 내려놓게 해줬어요.

누구나 그런 경험 있지 않나요? 너무 갖고 싶어, 저것만 가지면 행복할 것 같아, 하는 물건이었지만 막상 갖고 보니 내가 갖고 싶은 행복은 그게 아니었던 경험이요.

🌢 S   그렇죠. 너무 갖고 싶었지만, 막상 손에 들어오면 내가 원하는 게 정말 이것이었을까 싶었던 경험을 저도 여러 번 해봤습니다. 우리 모두 그걸 알면서도 부자만 되면 무조건 행복할 것 같다고 생각하잖아요. 예를 들어 내가 주식으로 1억을 벌었다, 그러면 행복할 것 같은데 의외로 그렇지 않더라고요. 재테크에 웬만큼 성공한 지인들 이야기를 들어보면 자신이 1억을 벌었을 때 같이 주식을 시작한 친구나 코인을 한 지인이 10억을 벌었다고 하면 왠지

자신도 그 이상은 벌어야 행복할 것 같다고 느꼈다고 하더군요. 반대로 주식으로 돈을 날린 사람들은 당연히 그것 때문에 불행하고요. 저는 그런 이유로 불행하다거나 자신이 지금 행복할 수 없다고 말하는 사람을 주위에서 많이 봤어요.

더 무서운 점은 그런 사람들과 계속 이야기하다 보면 저도 뒤처지지 않으려면 그들처럼 살아야 하나 싶어서 더럭 겁이 나고 덩달아 불행해질 때가 있다는 것입니다. 그럴 때마다 다시 정신 차리고 원래 제 마음으로 돌아오긴 하는데, 그게 생각처럼 쉽지 않아요.

● Y   불교에서는 자기 행복에 대한 강박이 행복에 장애가 된다고 봅니다. 자신을 바꿀 수 없는 것처럼 행복을 추구하는 것도 비슷한 개념이에요. 무익하고 소용이 없어요. 우리 모두 행복해지려고 꿈이나 욕망을 끊임없이 추구해왔잖아요? 돈이나 명예가 있으면 언젠가는 행복하겠다 생각하면서요. 그런데 어떤가요? 여전히 바라고만 있진 않나요? 그것은 평생 살아도 도달하지 못하는 행복이에요. '언젠가'라는 건 없어요. 허망한 꿈일 뿐입니다. 우리

사회는 '꿈을 가져라, 꿈을 버리지 마라.'라고 말하지만, 불교에서는 꿈을 버리라고 합니다. 언젠가 행복해질 거라는 꿈은 개가 꼬리를 쫓는 것과 비슷해요. 무지개를 가지려고 하는 것과 같고요. 만약에 그 꿈이 이루어져도 행복하지 못해요. 10억만 있으면 행복하겠다고 모두 생각하죠. 행복할 수 있겠죠. 하지만 잠깐일 뿐입니다. 시간이 지나면 알게 돼요. 자기가 원하는 충만함이 아니었다는 걸요.

행복하려면 지금 행복해야 합니다. 기다리는 행복은 다 가짜입니다. 행복은 그냥 마음의 결정입니다. 마음을 어떻게 가지는지에 달렸습니다. 어떤 조건이 아닙니다.

🍃 S   기다리는 행복이 아닌, 지금 행복해야 한다는 말씀이 정말 깊이 와닿습니다. 제가 요즘 그런 행복을 맛보고 있거든요. 얼마 전에 일본에서 공부하는 딸이 골든위크를 맞아 한국에 왔어요. 작년에 대학에 입학했을 때는 아이가 좀 힘들어했어요. 생전 처음으로 독립해서 타국에 살다 보니 생활이니 공부니 여러 가지로 어려운 일이 많았나 봐요. 그런데 이제는 그곳 생활에 적응하고 한결 안정적으로 보여서 저도 마음이 편해지더군요.

그러다 문득 생각했어요. 아이가 몇 년 전에 많이 아팠던 적이 있는데, 그때는 세상에 바라는 게 정말 아이가 건강해지는 것, 그것 하나였어요. 그래서 돈이 없어도 되니까 아이만 건강하게 해달라고 간절히 기원했죠. 그러다 아이가 괜찮아지니까 다시 돈 걱정, 미래 걱정 같이 이전에 하던 걱정을 하고 있더라고요.

이번 봄에 건강해진 아이를 보면서 제가 그때 그 소원을 잊고 있었다는 걸 깨달았어요. 그러면서 다시 감사하는 마음이 생겼습니다. 그때 바라던 소원이 이루어졌으니 기쁜 게 당연했고, 정말 감사한 일상을 지내고 있어요. 스님 말씀처럼 모든 것은 마음에 달린 것 같습니다.

행복하려면 지금 행복해야 합니다.

기다리는 행복은 다 가짜입니다.
행복은 그냥 마음의 결정입니다.
마음을 어떻게 가지는지에 달렸습니다.
어떤 조건이 아닙니다.

나라는 스토커

#셀카 #자뻑 #참행복 #그냥

🌢 S　　저도 SNS를 많이 하지만, 현대인들에게 SNS의 본
질은 '판다'는 개념인 것 같습니다. 나를 팔고, 나의 콘텐츠
를 파는 거죠. 저는 마감이 급하거나 일이 많을 때 두세 달
은 SNS를 쉬는 습관이 있습니다. 아예 앱을 지워버리고 안
보기도 해요. 잠시 그렇게라도 SNS를 떠나 있으면 마음이
조용해지더라고요. 그만큼 저를 위한 시간이 많아지기도
하고요. 실제로 그때는 번역 같은 작업량도 늘어나고 효율
도 높아요.

　　그런데 출판사에서 연락이 옵니다. "선생님, 신간이 나
왔는데 SNS에 홍보 좀 해주세요." 그럼 다시 SNS를 시작

해요. 저도 제 자신을 파는 거죠. 번역가라는 콘텐츠를 팔고, 제 신간이 나왔을 때 홍보해야 하니까 제 책을 팔죠. 그런데 스님도 SNS를 많이 하시는 편이잖아요? 이런 표현이 불편하실 수도 있지만 '불교를 판다'라고 볼 수도 있을 것 같아요.

그런 면에서 용수 스님 페이스북을 보고 정말 신선했어요. 매일 소소한 일상을 올리시는 중에도 "하지만 맛있는 음식을 참는 건 힘들다."라며 중도를 이야기 하시잖아요. 스님의 "나도 다이어트가 안 된다."라는 포스팅을 보며 빵 터지기도 했고요. 불교 경전을 쉽게 풀어주셔서 거리감이 줄어들기도 했습니다. 불교를 이런 식으로도 접할 수 있구나 싶었죠.

제가 하고 싶은 질문은 SNS 시대에 종교 포교란 어떤 의미가 있는지, 그리고 일부러 그거 때문에 SNS를 시작하신 건지 궁금합니다.

● Y　　부처님의 가르침이든 뭐든 좋은 걸 가르치고 전파하려면 SNS를 안 하면 안 되는 것 같아요. 저는 불교의 의미를 더 많은 사람이 알았으면 좋겠다는 생각에서 자연

스럽게 시작하게 됐어요. SNS를 하게 된 지 10년쯤 되었는데, 처음 시작할 때는 제 스승님들 글을 번역해서 올렸습니다. 지금처럼 매일 올리지도 않았고 가끔 올렸어요. 그때만 해도 제 글은 안 올렸어요. 제가 어떤 글을 쓸 거라고는 생각하지 않았던 것 같아요. 그러다 자연스럽게 제 글을 올리기 시작했는데, 그걸 어느 순간 매일 하게 되더라고요. 제 마음의 경험을 많이 표현했어요. 일기처럼 쓴 것 같아요. 일기는 치유적인 면이 많잖아요? 제 마음을 들여다보는 좋은 기회가 된 거죠.

요즘은 인스타그램에 릴스를 좀 올립니다. 한두 번 해보니 재밌더라고요. 그런데 제가 SNS를 할 때 나름 주의하려는 게 있어요. 자뻑하는 걸 주의하려고 합니다. 사람들이 어디 좋은 곳에 다녀오면, 맛있는 걸 먹으면, 좀 자신이 예뻐 보이는 날이면 사진을 올리잖아요? 뭐랄까요? 저는 그 모습이 본인에게 이롭지 않게 작용하는 것 같아요. 그런 일들이 행복의 습관을 만들기보다 불행의 습관을 강화할 수 있기 때문입니다. 그런 습관을 갖다 보면 집착이 생기고, 남과 비교하게 되고, 불행의 원인이 되어요. 사람들이 인스타그램을 하면서 우울하다고 하는 이유죠. 즉, 스스로에게 집착하는 걸 경계해야 해요.

저는 이처럼 자기 자신에 대한 집착을 스토커에 비유합니다. 우리 모두는 자기 자신의 스토커입니다. 스토커는 한 사람에 대한 일방적인 열망이 있잖아요? 그 사람에 대한 관심이 지나쳐요. 건강하지 못한 관계를 맺고 있는 겁니다. 우리도 마찬가지로 우리 자신에 대한 관심이 지나쳐요. 자기 자신에게 너무 집착해요. 세상에는 나 말고도 많은 사람이 함께 살고 있는데, 자기 자신만 생각하는 거예요. 단체 사진을 찍고 자기 자신만 찾는 것처럼요. 세상에 나만 사는 것처럼 살아요. 내 가족만 있는 것처럼 살아요. 하지만 아니잖아요.

🖊 S　제가 SNS문화와 우리 일상에 대해 스님과 깊은 이야기를 나누고 싶은 이유 중 하나가 20대인 제 아이에게도 중요한 문제일 것 같아서예요.

20대 초반인 제 아이는 현재 일본에서 유학생으로 생활하고 있어요. 한국에 있을 때는 인스타그램 피드에 쉴새 없이 올라오는 친구들 모습에 좀 거리감이 느껴지기도 했다고 해요. 그런데 일본에 가니 과시용 사진을 찍는 사람도 거의 없고, 인스타그램 같은 SNS에 올리지도 않아서 무척 편안했다고 합니다. 유독 한국 사람들이 남의 눈에 비치는 자신을 의식한다는 생각도 드는데요. 그 결과 한국에서는 보이는 이미지와 내가 살아내야 하는 세상 사이에 괴리감이 클 수밖에 없을 것 같다는 생각이 저절로 들었습니다.

●Y   재밌는 이야기 해드릴까요? 결혼하기 전에는 자기 사진을 SNS에 많이 올립니다. 잘 보이고 자아를 키우는 것이 행복인 줄 알고요. 결혼하면 배우자와 찍은 사진을 많이 올립니다. 부부 생활이 행복인 줄 알고요. 아이를 낳으면 아이 사진과 가족 사진을 많이 올립니다. 가족이 행복인 줄 알고요.

그런데 어느 때부터 배우자 사진은 올리지 않고 자식 사진만 올립니다. 배우자가 싫기 때문입니다. 나중에는 꽃과 산, 자연 사진만 올립니다. 자식은 속상하게 했고 배우자는 같은 방을 안 써요. 결국은 부처님의 사진을 올리기 시작합니다. 사는 게 너무 고달파서 수행을 찾는 거죠.

제가 말하고자 하는 건 이겁니다. 어쩌면 20대에 가장 중요한 것은 타인이나 세상의 기준대로 행복을 찾지 않는 노력입니다. 행복을 바르게 정의해야 합니다. 부모와 사회가 제안하는 행복의 길은 행복을 가져다주지 못할 뿐만 아니라 결국 고통이 됩니다. 진정한 행복은 좋은 대학과 결혼과 돈에 달려 있지 않아요. 진정한 행복은 내면의 경험이며 인간성에 달려 있어요. 만족과 감사, 배려와 친절, 정직과 겸손 같은 내면의 성품이 행복한 삶을 결정합니다. 여기에 중요성을 두지 않고 외적인 성공과 조건을 중시하는 사회와 부모의 기준을 따르면 망하기 마련입니다.

　돈도 명예도 정말 자신을 행복하게 할 수 없어요. 그걸 받아들여야 합니다. 그걸 알면 그것들에 기대하지 않게 되고 그럴 때 본성에 순수한 행복이 드러납니다. 그때야 모든 게 행복의 원인이 될 수 있습니다. 삶이 재미있어집니다. 내면에 순수한 기쁨이 생깁니다. 세상에 대한 기대와 바람, 희망을 버릴 때 모든 것이 자신을 행복하게 합니다.

　왜냐하면 우리는 '그냥' 행복한 존재이기 때문입니다. 아침에 일어나면 햇빛만 봐도 행복하고 커피 한잔만 마셔도 행복한 겁니다. 우리는 바라는 것이 없을 때 행복합니다.

우리 모두는
자기 자신의 스토커입니다.

우리 자신에 대한 관심이 지나쳐요.
자기 자신에게 너무 집착해요.
세상에는 나 말고도
많은 사람이 살고 있는데,
자기 자신만 생각하는 거예요.
단체사진을 찍고
자기 자신만 찾는 것처럼요.

비판과 칭찬은
한 세트

#악플 #비난 #인정 #취약성

🍃 S   최근 몇 년 사이에 목숨을 끊은 사람들이 지나칠 정도로 많습니다. 한국의 자살 사망률은 OECD 국가 중 가장 높고, 노인 자살률도 아주 높습니다. 노인 자살은 빈곤과 관련된 경우가 많고요. 처참한 현실이죠. 또 한 가지 문제는 연예인이나 유튜버 같이 타인의 시선에 취약한 이들이 자살하는 경우가 많다는 점입니다. 최근에도 전 국민의 사랑을 받았던 한 배우가 세상을 등졌고, 제가 좋아했던 배우나 가수들도 가슴 아픈 선택을 많이 했습니다. 연예인들의 자살이 문제인 이유는 이들의 죽음이 사회적으로 아주 큰 파장을 일으키기 때문이죠. 좋아하는 연예인이 자의

로 세상을 떠나면 이를 모방해 자살을 하는 사례도 많다고 들었습니다.

연예인들이 자살을 택하는 큰 이유가 바로 독약 같은 악플과 유튜버들의 악의적인 방송, 그리고 이들의 기사를 자극적으로 다루는 언론 때문이라고 생각합니다. 이들을 죽음에 이르게 한 배경에는 끈질기고 지속적으로 그들을 비난하고, 사생활을 들춰내는 유튜버들이 있기도 하거든요. 그런 방송이 돈이 되니까요. 혹은 인기를 끌고 조회수를 높이기 위해 타겟이 하나 정해지면 정말 죽을 때까지 벼랑으로 모는 게 우리 사회의 행태란 생각이 들어 우울한데요.

사실 악플에는 저희 번역가들이나 작가들도 자유롭지 못합니다. 우리가 가장 멘탈이 약해지는 순간이 책이나 작품이 발표된 직후예요. 자신이 쓰거나 번역한 책의 독자 리뷰를 읽을 때 마음이 조마조마합니다. 혹시라도 '번역이 왜 이 모양이지?', '번역이 안 좋아서 잘 안 읽힌다.', '글이 왜 이따위냐.', '왜 이렇게 재미없냐.' 이런 말을 들을까 봐요. 저는 악플을 감당할 자신이 없어서 리뷰를 읽지 않는데, 비판에 가까운 번역 비평을 굉장히 전문적으로 하는 분이 계시더라고요. 아마 그분도 시작은 본인이 직접 좋은 번역을 하고 싶다는 꿈 때문이었겠죠. 그런데 그런 노골적인 비판이 다수의 관심을 받으니까 그 행동이 몇 년 동안 이어졌습니다. 글을 쓴 분의 동기는 그게 아니었다고 해도 몇 년 동안 그런 비판이 쭉 이어졌다면 그건 선의를 토대로 한 비판일 수 없다고 생각해요.

몇 번 그분 비평을 찾아서 읽어봤는데, '여기는 오역이고 여기는 너무 잘못됐고' 하는 식으로 번역가들을 가차없이 비판하더라고요. 그런데 사실상 번역이라는 게 딱 떨어지는 정답은 없어요. 그런 식으로 마음먹고 비판하기 시작하면 끝이 없다는 뜻입니다. 거기다 그런 리뷰를 보는 번역가들은 굉장히 큰 상처를 받아요. 한 번역가가 그런 비판을 견디다 못해 자신이 좋아하는 번역을 그만뒀다고 들었어요. 그 일로 인해 우울증이 굉장히 심해져서, 일상생활을 전혀 하지 못하고 폐인처럼 살고 있다고 하더라고요. 그 말을 듣고 같은 업계 종사자로서 너무 슬프고 안타까웠습니다.

이런 식의 선을 넘은 악플이나 말로 하는 공격에 대한 심각성을 이제는 모르는 이가 없을 것 같은데, 왜 줄어들지 않을까요? 왜 이런 사람들이 점점 더 느는 걸까요? 그들은 자신이 가볍게 쓴 댓글 한 줄이 한 사람의 일상 혹은 인생 전체를 완전히 망가뜨릴 수 있다는 점을 과연 알까요? 우리는 그들에게 어떻게 대처할 수 있을까요?

● Y   악플러는 자신이 그렇게 큰 잘못을 저지르고 있다는 것을 모릅니다. 남에게 해가 된다는 것을 스스로 깨우치기가 어려운 사람들이죠. 아마 악플러들에게 책임을 묻는다면 자신을 방어하기 바쁠 거예요. '그게 왜 내 책임이야? 내가 뭘 어쨌는데? 난 그냥 내 의견을 이야기했을 뿐이야. 들을 수도 있고 안 들을 수도 있지.'라면서요. 악플과 같이 누군가 무책임하게 이유 없이 나를 비판한다면 가장 실천하기 쉽고 지혜로운 방법은 안 보고 외면하는 겁니다. 안 보면 모르는 거니까요. 모르니까 그냥 끝이죠.

● S   저도 안 보고 싶어요. 문제는 제가 모르고 싶은데도 그 말을 전해주는 사람이 있다는 거예요. "야, 이런 사람이 네 번역에 대해서 이렇게 비판했어.", "네가 최근에 낸 에세이에 이런 리뷰를 올렸어." 하면서 링크를 보내줘요. 복사해서 보내주거나요. 그럼 저는 "그래, 알았어."라

고 하면서 속으로 생각하죠. 알고 싶지 않은데 왜 굳이 이런 걸 보내서 내 마음을 아프게 하는 걸까 하고요.

● Y   하하. 그건 절대 좋은 친구가 아닙니다. 생각해보니 저도 그런 적 있어요. 어떤 스님이 저에 대해 안 좋은 이야기를 했대요. 그 이야기를 몰랐으면 끝인데 한 친구가 저에게 와서 일일이 다 얘기해주는 거예요. 한참 마음이 힘들었던 기억이 있습니다. 몰랐으면 아무 상관 없는데 알게 되니 마음이 괴로운 건 스님도 마찬가지입니다. 나쁜 말을 전해주는 친구는 좋은 친구 아니에요. 어리석은 친구죠. 지혜로운 친구면 그런 말 안 전해주죠. 당연히 상처가 될 만한 말인 거 아니까요.

본의 아니게 비판의 말을 듣게 될 수 있습니다. 저는 그럴 때 그 상황을 좀 더 논리적으로 생각해보길 권하고 싶습니다.

두 가지를 생각하면 좋겠어요. 첫째, 모든 사람에게는 의견이 있습니다. 둘째, 우리를 나쁘게 이야기하는 사람이 있을 때는 우리를 좋게 이야기하는 사람도 있다는 걸 잊지 마세요. 우리를 나쁘게 이야기하는 사람 말만 들으면 우리는 그게 전부라고 생각하고 자기 자신을 비난하며 밑으로 끌어내려요. 하지만 그럴 때 균형이 중요합니다. 한쪽에 너무 치우치지 말라는 말입니다. 누군가 나를 욕하면, 또 누군가는 나를 예쁘게 봐준다는 걸 기억하세요.

칭찬과 비판은 한 세트입니다. 칭찬에 너무 의존하는 것도 좋지 않지만, 비판의 말만 마음에 담아두는 것도 좋지 않습니다. 사람은 칭찬을 좋아할수록 비판을 두려워합니다. 그러니 칭찬을 받을 때 그것에 너무 취하지 마세요. 과찬을 경계하세요. 비판을 받을 때나, 칭찬을 받을 때나 "너나 알아?" 이런 생각을 하는 게 중요합니다. 저도 칭찬 많이 듣습니다. 믿기 어려우시겠지만 "스님, 정말 욕심이 없으시네요.", "스님, 정말 피부가 좋아요.", "스님, 너무 부지런하세요."라고 칭찬해주시죠. 하지만 저는 잘 압니다. 제가 욕심 없는 사람이 아니라는 걸요. 피부? 안 좋을 때가 많습니다. 부지런함과 거리가 먼 삶을 살 때도 많습니다. 칭찬하는 사람도 저를 잘 모르고, 비판하는 사람도 저를 잘 몰라요. 칭찬이나 비판을 들을 때 "너 나 알아?"라고 생각해보세요. 이런 태도가 우리의 평정심을 지켜줍니다.

또 나에 대한 비판을 들었을 때, 조금이라도 맞는 말 같다고 여겨지면 좋은 기회라고 생각해보는 건 어떨까요? 나의 단점을 고칠 수 있는 좋은 기회라고요. 불교에서 말하는 허물을 정화하는 방법은 '인정'입니다.

사람은 누구나 비판과 비난의 말을 들으면 자신을 방어하는 습관 때문에 그걸 부정하는 마음이 올라오기 마련입니다. 정말 정당한 비판이더라도 방어하는 마음이 먼저 올라오는 거죠. 에고의 방식입니다. 습관적으로 올라오죠. 그 방어하는 마음 습관을 내려놓으려고 노력해보세요. 그리고 나 자신에게 물어보십시오. '나에게 맞는 말일까?' 물론 이 과정이 불편하고 아플 수 있습니다. 하지만 아프다는 것은 자신에게 그 허물이 있다는 말입니다. 마음에 걸리니까 아픈 겁니다. 그럴 때 자신의 허물을 숨기려 하지 말고 밝혀보세요. 밝혀지면 스스로 바로 잡는 기회가 주어집니다. 더 아프지 않습니다. 오히려 내게 더욱 좋게 작용합니다. 반대로 마음이 아프지 않을 수도 있어요. 그건 걸리는 게 없다는 말입니다. 그럼 '우스갯소리인가 보다.' 하며 잘 넘어가면 됩니다. 내가 그 비판에 해당이 안 된다면 그냥 그런가 보다 넘어가세요.

'현명한 사람은 조언을 잘 받아들이고 어리석은 사람은

칭찬과 비판은 한 세트입니다.
칭찬에 너무 의존하는 것도 좋지 않지만,
비판의 말만 마음에 담아두는 것도 좋지 않습니다.
사람은 칭찬을 좋아할수록 비판을 두려워 합니다.
그러니 칭찬을 받을 때 그것에 너무 취하지 마세요.
과찬을 경계하세요.

비판을 받을 때나,
칭찬을 받을 때나
"너 나 알아?"
이런 생각을 하는 게 중요합니다.

조언을 못 받아들인다.'라는 말이 있습니다. 사람들은 대부분 비판을 못 받아들입니다. 대부분이 비판에서 배우지 못합니다. 정당한 비판이라고 생각되면 받아들이세요. 허물을 고치는 좋은 기회입니다.

S   굉장히 옳고 좋은 말씀이십니다. 그런데 스님이 말씀하신 논리적 해결법은 마음이 건강한 사람에게만 적용되는 게 아닐까요? 제가 아까 말한 멘탈이 약한 번역가나 작가, 방송인, 운동선수들은 남에게 보이는 직업인만큼 쉽게 평가받고 휘둘리잖아요. 악플이 홍수처럼 쏟아지면 저라도 정신을 못 차릴 것 같다는 생각이 들어요. 목숨까지 포기하는 경우도 이해가 됩니다.

제가 요즘에 여러 일로 젊은 사람부터 나이 든 분들까지 다양한 연령대와 많이 만나는데, 마음이 건강하다고 느껴지는 사람은 사실 손에 꼽아요. '이 사람 굉장히 마음이 건강하구나.', 또 '이 사람과 있으면 내가 좀 경계를 풀고 마음 편하게 말할 수 있겠다.'라는 생각을 드는 사람은 열 명 중 한 명 있을까요? 몸보다 마음이 병든 사람이 많다는 걸 느껴요.

● Y   작가님은 마음이 건강한 사람이 열 명 중에 한 명 있는 것 같다고 하셨지만, 글쎄요. 저는 열 명 중 한 명도 없는 것 같습니다. 스님이라고 해서 모두 마음이 건강한 것도 아니지요. 제가 생각하기에 마음이 건강하다는 것은 자기 자신의 가치를 아는 것입니다. 자기와 자기 아닌 것을 구별할 줄 안다는 뜻입니다. 자기 아닌 것에, 자기 아닌 일에는 마음을 쓰지 않는 것이죠. 하지만 대부분 사람이 그렇지 못합니다. 제가 항상 안타까워하는 것이 이겁니다. 사람들이 자기 가치를 모르는 것이 안타깝습니다. 사람들은 자신의 가치를 모르면서 아무것도 아닌 일에 집착합니다. 자기 자신을 알려면 자기 자신에게 공간을 주어야 합니다. 여유를 주라는 말입니다.

자기 자신에게 여유를 주면, 부담을 안 주면 자기 자신에게 감사해집니다. 내버려두면 자기 자신이 바뀝니다. 자기를 바꿀 필요가 없습니다. 이미 행복하고 완벽하기 때문이죠. 이미 부처님이기 때문입니다.

어둠에 있는 취약성을
빛으로 끌어오면

#분노 #수치스러움 #알아차림

🖋 **S** 　제가 요즘 분노와 그 분노의 표출 방식에 대해 많이 생각하거든요. 제가 자주 짜증이 나거나 울컥 화가 치밀어서 그런 것 같아요. 아이가 코로나에 감염됐을 때 일인데요.

　아이가 다 나을 때까지 세 끼를 챙기고, 아이가 손을 댄 물품을 매번 소독하고, 감염되지 않으려고 신경을 곤두세우다 보니 집안일이 곱절로 늘어났어요. 늘 그렇듯 체력은 바닥이어서 누가 건드리면 폭발할 것 같았습니다. 다행히 그런 제 상태를 인지하고 있어서 그런 불상사는 가까스로 피할 수 있었지만요. 또 도움이 됐던 건 제가 피곤해서 짜증이 나거나 하면 아이가 이렇게 물어봅니다. "엄마 지금 짜증 나? 피곤해?" 그러면 깨닫게 되죠. 아아, 내가 지금 분노 버튼이 눌리기 직전이구나. 그리고 다시 마음을 가다 듬게 됩니다. 아이가 저의 스승인 셈이죠.

그때부터 분노에 대해 생각하게 됐습니다. 그래서 페이스북을 볼 때도 남의 일이지만 분노를 유발하는 포스팅이나 댓글을 보면 잠시 멈춰서 가만히 들여다보거나 누군가의 포스팅에 누군가가 불쾌해 보이는 댓글을 다는 감정이나 이유는 무엇일지 관찰하게 됐습니다. 그러다 두어 번 감탄한 사례가 있습니다. 스님이 하신 포스팅에 누가 와서 어마어마한 분노를 쏟아냈더라고요. 당신처럼 도나 닦는 양반이 세상 일을 어떻게 알고 그런 헛소리를 하느냐는 거였죠. 사실 이 표현도 제가 굉장히 순화시킨 것인데요.

그래서 스님은 어떻게 댓글을 다실까 지켜봤습니다. 평소 스님을 칭송하는 댓글엔 일절 반응하지 않으시던 스님이 자신의 말이 틀릴 수 있음을 인정하며 진심으로 겸허하게 그 댓글러에게 사과하시더라고요. 그러자 댓글러도 그걸 느꼈는지 수그러드는 모습을 보였는데, 그걸 보면서 전 정말 놀랐어요. 분노란 실로 인간의 마음속에 자리잡은 호랑이 같기도 하지만, 잘 다스리면 까칠한 고양이 정도로 다듬을 수도 있는 감정이구나. 현명한 스님의 대처 덕분에 모두가 상처 입지 않고 끝날 수 있어서 한 수 배웠죠.

● Y　관계의 갈등을 잘 해결하는 방법은 반응하는 마음을 잘 알아차리는 겁니다. 저도 처음에는 그 댓글을 보고 불쾌하고 욱하는 반응하는 마음이 올라왔죠. 하지만 알아차림의 힘을 키웠기 때문에 반응하는 마음을 더 쉽게 내려놓을 수 있었습니다. 자신의 마음을 알아차리는 것, 그리고 반응하는 마음에 집착하지 않는 것, 두 가지를 말씀드리고 싶습니다. 반응하는 마음은 자기 입장만 생각하는 자기 집착입니다. 대인관계의 대부분 갈등은 자기 입장만 생각하고, 다른 사람의 입장을 헤아리지 못한다는 데 있습니다. 자기 입장을 조금이라도 내려놓고, 다른 사람의 입장을 좀 더 헤아려 보면 어떨까요? 그 사람의 말이 옳고 그름을 떠나서, 왜 그 사람이 그런 말을 했는지 생각하면 이해할 수 없었던 말이나 행동도 자비심으로 공감할 수 있어요.

● S　반대의 경우로 가사분담을 주제로 쓴 한 남성의

글에 한 여성이 댓글을 달았는데, 언뜻 보면 화를 내고 충돌할 수도 있는 댓글에 그 남성은 지극히 이성적이고 논리적으로 댓글을 달면서 계속 상대와 이야기를 주고받으며 감정적인 다툼으로 치닫지 않고 이야기를 끝냈어요. 요즘처럼 별거 아닌 말 한마디로 다들 죽자사자 싸우는 판에 그렇게 성숙하게 예의를 갖춰 배려하는 모습을 보니 묘한 감동이 들더군요.

그래서 계속 분노와 충돌에 대해 생각하게 됐는데요. 우리는 왜 이렇게 타인의 비판에 사정없이 휘둘리는가에 대한 이유로 '수치스러움'이라는 감정이 문득 떠오르더라고요. 수치스러움은 뒤에서 좀 더 자세히 다루겠지만 여기서 간단히 다루어 볼게요. 제가 좋아하는 작가 브레네 브라운은 《마음 가면》이라는 책에서 우리가 불행한 이유는 모든 인간이 느끼는 감정에 수치심이 있기 때문이라고 했거든요. 누군가 우리를 비판했을 때 우리가 벌컥 성을 내는 이유는 뇌관과도 같은 수치심을 건드려서가 아닌가 싶기도 해요.

● Y   맞습니다. 수치스러움을 있는 그대로 들여다보고

밝힐 수 있는 용기가 '마음공부'입니다. 자기 자신을 있는 그대로 받아들이는 것이 마음공부의 시작과 중간, 끝입니다. 불교의 본질도 그와 같습니다. 자기 자신을 바꾸는 것이 아니에요. 자기 자신을 알아가는 거죠. 알아가는 과정에서 불안과 두려움이라는 마음습관과 취약성이 드러나는데 그것을 밝히면 자신감이 드러나요. 평화가 드러나요. 사랑이 드러나요. 충만함이 드러나요. 자신을 있는 그대로 받아들이고 들여다보는 것, 그것이 수행의 핵심입니다. 그러다 보면 수치심이나 취약성도 저절로 약해집니다. 수치심과 취약성은 밝음을 싫어해요. 밝음을 참지 못해요. 캄캄한 데 숨어 있으려고 합니다. 캄캄한 데 있는 게 무의식이잖아요? 그것을 빛으로 가져와 보세요. 빛에서는 작동하지 못해요.

🌙 S   '화'에 대해서 더 자세히 얘기해볼게요. 저는 인간의 감정 중 가장 다루기 어려운 감정이 화라고 생각해요. 며칠 전에도 딸에게 크게 화냈는데, 돌이켜보면 그때 왜좀 더 감정을 누그러뜨리고 말하지 못했나 후회돼요. 딸이저와의 약속을 어기고 제가 생각하기에는 다소 무리한 요

구를 해서 제가 화를 내고 전화를 확 끊어버렸거든요.

딸이 집에 돌아와 이렇게 말하더라고요. "엄마가 화를 내며 전화를 끊어버려서 속상했어." 그 말을 들으니 미안해졌어요. 왜 그 순간에 저는 화를 참지 못하고 딸에게 상처를 주었을까요? 화를 아예 안 내는 건 불가능한 것 같아요. 한국인에게만 있는 유일한 마음병인 '홧병'이란 것도 있잖아요? 전 그게 참아야 한다는 한국인 특유의 압박감이 너무 오랫동안 지속되어서 생기는 병이라고 생각하는데, 화가 올라올 때 화를 좀 잘 내는 법도 있을까요?

● Y   화도 다르게 보면 에너지입니다. 에너지는 분출해야 합니다. 그런데 화의 문제는 분출한다고 해결되는 게 아니라는 데 있습니다. 오히려 에너지를 강화시키죠. 예를 들어볼까요? 미국에는 '분노 방rage room'이라는 게 있어요. 들어보셨나요? 일정 비용을 내고 도자기 제품을 던지거나 가전제품을 때려 부수며 스트레스나 분노를 해소하는 곳이죠. 그런데 그렇게 하면 과연 화가 풀릴까요? 한때 심리학 연구에서 화가 날 때 펀치나 베개를 때리면서 스트레스를 푸는 치료법이 있긴 했어요. 하지만 심리학의 최근

연구에 의하면 오히려 이렇게 화를 내는 습관이 화를 더 강화시킨다고 합니다. 화를 낼수록 오히려 분노가 많아지는 거죠.

저도 화가 날 때가 많습니다. 한 예로 큰 스님이 한국에 내방했을 때 스탭과 행사를 준비하는데 제 마음대로 잘되지 않더라고요. 저도 모르게 큰 소리로 스탭에게 화를 냈어요. 행사가 끝나고 스탭 중 한 분이 제게 와서 이렇게 말하더라고요.

"스님, 리더십 교육 좀 받으셔야겠네요."

그 말을 듣고 너무 부끄러웠습니다. 하지만 저는 화를 냄으로써 화를 안 내는 방법을 배웠습니다. 그 상황을 되돌아보고 반성하게 됐다는 의미입니다.

명상이 별것 아닙니다. 되돌아보는 것도 명상입니다. 내가 잘못했다는 것을 인정하고 앞으로 같은 일이 생긴다면 다르게 생각하고 행동해야겠다고 다짐하는 거죠. 즉 분노를 알아가는 과정에서 분노에 대처하는 방법을 찾는 겁니다. 하지만 많은 사람이 근본적으로 분노가 무엇인지 알아차리지 못합니다. 분노에 빠지거나 분노를 참을 뿐, 분노의 작동이나 본모습을 객관적으로 만나지 못합니다.

분노라는 감정과 잠시 떨어져 들여다보세요. 문제가 보입니다. 분노가 무엇인지 알게 됩니다. 저는 그것을 '분노와 친구가 된다.'라고 표현합니다. 우리가 친구와 만나면서 친구를 서서히 알게 되는 것처럼 분노를 알아가는 거죠. 그러면 다음에 또 분노가 올라올 때 친구를 사귀는 것처럼 알아볼 수 있습니다.

분노를 알아차리면 우리에게 선택권이 생깁니다. 알아차림에는 선택권이 있거든요. 우리 안에 생기는 모든 감정은 우리가 그것을 붙잡지 않는 한 우리에게 해가 될 수 없어요.

자기 자신을 있는 그대로 받아들이는 것이
마음공부의 시작과 중간, 끝입니다.
불교의 본질도 그와 같습니다.
자기 자신을 바꾸는 것이 아니에요.
자기 자신을 알아가는 거죠.
알아가는 과정에서 불안과 두려움이라는
마음습관과 취약성이 드러나는데
그것을 밝히면 자신감이 드러나요.
평화가 드러나요. 사랑이 드러나요.
충만함이 드러나요.

자신을 있는 그대로
받아들이고 들여다보는 것,
그것이 수행의 핵심입니다.

가난한 나는
본질이 아닙니다

#수치스러움 #루저 #자기이상

🍂 S　　제가 몇 년 전에 '여름방학'이라는 주제로 《우리
지금, 썸머》라는 에세이집을 공동집필로 출간한 적이 있습
니다. 어렸을 때를 떠올리다가 감추고 싶었던 수치스러운
기억이 떠올라서 그걸 썼어요. 입학하면 한 반의 아이들이
70명이 넘었던 초등학교 시절이었죠. 담임선생님 혼자서
아이들을 다 보살필 수 없는 게 당연한 때였습니다.

입학 첫날 학교에 갔는데 담임선생님이 우리를 앉혀놓
고 학교생활에서 지켜야 할 규칙이나 질서를 말씀하셨는
데, 선생님이 너무 무섭게 느껴졌어요. 안경을 쓰신 여자
선생님이었는데 중간중간 아이들에게 "너, 거기 조용히 안

해?" 하며 호통을 치셨어요.

초반부터 기강을 잡는 선생님이 무서워서 화장실이 너무 급했는데도 손을 들고 말하지 못하겠는 거예요. 종이 치기만을 기다렸죠. 참고 참다가 겨우 종이 울렸는데 제가 너무 급했나봐요. 끝까지 참지 못하고 화장실에 가다가 복도에 오줌을 싸고 말았어요. 그 순간 복도에 있던 친구들이 저를 바라보던 눈빛이 아직도 잊히지 않아요. 그 어린 나이에 처음으로 수치스러움을 느꼈고, 그 기억은 좀처럼 극복하지 못했어요. 어린 나이였지만 그때 이렇게 결심했어요. 아이들 눈에 띄지 말고 조용히 살자. 스님은 이런 수치스러운 경험이 있으세요?

● Y   한두 가지가 아니죠. 가장 크게는 아버지를 따라 미국에서 소수민족으로 살면서 항상 저 자신을 이방인처럼 생각했어요. 열등감에 사로잡혔죠. 또 저의 아버지는 사회에서 볼 때 정상적인 사람은 아니었어요. 미국에서 아버지는 버거 식당을 하다 기프트샵을 하셨죠. 마땅한 집이 없던 우리 가족은 그 가게 안에서 살았어요. 파티션으로 가게 공간과 침실 공간을 구분해서 저는 그 파티션 뒤에서

생활했습니다. 아버지와 형은 창고 같은 공간에서 잤고요. 그때 저는 손님들이 잘 모르고 파티션 너머 제 침대에 들어올까봐 무척 두려웠어요. 너무 창피하고 숨기고 싶었던 모습이었습니다. 게다가 그 동네는 부자들이 사는 동네였어요. 제가 다녔던 고등학교에는 잘사는 아이들뿐이었죠. 친구들이 가난한 제 모습을 알게 될까봐 두려웠던 기억이 납니다.

🍴 S   제가 수치스러운 기억에 대한 이야기를 꺼낸 건 그 수치스러움이 알게 모르게 우리 인생 전반에 영향을 끼치기 때문입니다. 사람들은 대부분 수치스러운 감정을 잘 다스린다고 생각하지만 무의식중에 부정적인 모습으로 표출되기도 하잖아요. 예를 들어, 자기가 조금이라도 제대로 된 대우를 못 받았다고 생각하면 화를 내거나 갑질하는 사람들처럼요. 저는 그런 사람들을 실제로 보거나 이야기를 들었을 때, 그 사람의 본성이 나쁘다기보다 수치심과 관계가 있지 않을까 싶었어요. 콤플렉스가 있었을 수도 있고요. 스님께서는 가난함에 대한 수치스러움이나 콤플렉스를 어떻게 극복하셨는지 궁금합니다.

● Y　　수치심은 어두운 곳에 있습니다. 그 때문에 직면하기 어렵고 두려운 마음이 들죠. 외면하고 싶고 숨기고 싶죠. 하지만 수치심은 밝힐수록 약해집니다. 저는 제 삶이 투명하길 원합니다. 일체 무언가를 숨기고 싶은 마음이 없습니다. 한 예로 《코끼리》라는 책을 냈을 때 저의 부끄러움, 수치스러움을 그대로 담으려고 했어요. 많은 책의 저자가 책의 저자 소개에 항상 멋지고 좋은 모습만 담으려고 하잖아요? 저는 제 소개를 그럴듯하게 포장하고 싶지 않았어요. 제 부끄러운 모습을 그대로 담고 싶었죠. 그래서 《코끼리》 책을 쓸 때 가장 부끄러웠던 제 모습을 저자 소개로 넣으려고 했어요. 그런데 출판사 대표님이 그게 안 좋으셨나봐요. 나중에 보니 에필로그로 빼셨더라고요.

● S　　저는 스님을 전형적인 엘리트라고 생각했어요. 저자 소개만 읽었을 때는요. "아홉 살 때 미국으로 건너가 대학에서 신문방송학을 공부했다. 남프랑스 티베트 불교 선방에서 4년간 무문관 수행을 했고, 한국에 들어와 화계사, 무상사 등에서 수행하며 유나방송에서 명상 프로그램을 진행하기도 했다. 티베트 닝마파 한국지부인 세첸코리

아를 설립하여 지구에서 가장 행복한 사람으로 알려진 욘게이 밍규르 린포체, 프랑스 과학자이자 수행자인 마티유 리카르 스님, 사캬파 법왕 사캬 티진 큰스님을 초청해 법회를 여는 등 티베트 불교를 한국에 알리는 일을 하고 있다." 너무 멋진 이력이라고 생각했어요.

● Y　　많은 사람이 그렇게 생각하는 것 같습니다. 그런데 저는 스스로를 인생의 낙오자라고 생각했습니다. 아홉 살 때 아버지를 따라 미국으로 건너가서 힘들게 살았어요. 어쩌다 대학에 가게 되었지만 대출금 3만 달러만 남기고 졸업조차 못 했습니다. 미국은 누구에게나 신용카드를 내주는데 신용카드를 여러 개 받아서 팍팍 쓰고 다녔죠. 그 결과 결코 적지 않은 빚을 못 갚아 20대에 파산 신고를 하기도 했습니다.

● S　　말하자면 성장기에는 '루저Loser'였단 말씀이시네요? 저는 루저라는 표현을 좋아하지 않지만, 이 단어가 한때 한국 사회를 풍미했던 말이거든요. 사전적 의미로 '루저'는 단순히 패배자를 뜻하는 게 아니라 경쟁에서 진 사

람들을 경멸적인 어조로 부를 때 사용하는 영미권 단어이기도 하잖아요? 쉽게 말해 인생이라는 레이스에서 중도 탈락한 사람들, 혹은 애초부터 레이스에 참여할 기회조차 부여되지 않는 사람들 말이죠. 스님의 이야기를 들으니 그렇게 레이스에서 자의 혹은 타의로 빠져나오거나 밀려난 사람들의 소외감, 절망감, 좌절감에 대해 잘 아실 것 같아요.

◗ Y　　앞서 말씀드렸듯이 제 부모님이 일찍 이혼하면서 아홉 살 때 아버지를 따라 미국에 가게 됐어요. 백인 사이에서 유색 인종으로서 다름을 많이 느꼈어요. 게다가 아버지가 미국에서 이혼을 여섯 번이나 하면서 정서적으로도 안정되지 못한 시간을 살았습니다. 사회적 기준으로 볼 때 불안정한 가정에서 자랐으니 저는 그런 '루저'의 기분을 더욱 많이 느꼈죠.

　일반적인 시각에서 우리 집은 불안정한 가정이었습니다. 게다가 아버지는 돈을 중요하게 생각하지 않으셨어요. 저축도 안 하셨고 옷도 거의 신경 쓰지 않으셨죠. 그런 모습들이 자식으로서 창피할 때도 많았습니다.

아버지가 저를 많이 사랑해주시긴 했지만 교육이나 양육에 있어서 세심하게 보살펴주시지는 못했어요. 제가 사회에서 잘 살 수 있도록 만들어주는 정서적, 물질적 지원이 없었던 거죠. 그러다보니 자라면서 자신감이나 자존감이 굉장히 부족했던 것 같습니다. 사회성도 좋지 못해 고등학교에 다닐 때까지도 친구가 없었어요. 날마다 점심을 혼자 먹을까봐 걱정했던 게 생각나요.

나중에 출가하고 돌아보니 알겠더라고요. 그때 나는 항상 열등감이 있었고, 자신감도 부족했고, 미국 사회에 진정한 소속감도 느끼지 못했고 박탈감도 컸습니다.

🍎 S　저는 이제 막 20대에 들어선 제 딸을 생각하면, 앞으로 무수히 겪게 될 비교 속에서 스스로를 루저라고 느끼지 않길 바랄 뿐이에요. 그런 열패감이나 체념은 살아가는데 하나도 도움이 안 되거든요. 제가 겪어봐서 알아요. 더군다나 제가 스스로를 루저라고 생각해도 남이 그렇게 생각하지 않으면 괜찮은데 남까지 나를 그런 눈으로 보고, 그렇게 대하면 인생이 너무 힘들어지잖아요. 그런 열패감, 낙담, 체념, 좌절과 같은 마음을 극복해가는 과정이 사실

인생의 연속인데, 그게 참 쉽지 않습니다. 저만 해도 뭔가를 야심차게 시도했다가 실패하면 또 그런 마음이 슬그머니 찾아오거든요.

● Y   제 경우 불교를 만난 뒤 세속의 성공과 실패가 행복과 관계가 없다는 것을 알게 되었죠. 참 본성을 배웠고, 놀랍게도 '내가 생각하는 나'는 나 자신이 아니라는 것을 알게 됐습니다. 세속의 조건으로 저를 정의하지 않게 되었고, 참 본성에 자부심을 갖게 되었어요. 우리 모두에게는 무한한 가능성이 있고, 허물은 나 자신이 아니라 일시적인 습관일 뿐이라는 것을 배웠습니다. 늘 부족해서 가치가 없다고 생각했던 제가 참 본성을 믿고 체험하기 시작한 겁니다. 가난하게 살던 제가 부처님의 가문에 태어나 마음의 부자가 되었어요. 그리고 스승의 사랑으로 늘 그리웠던 엄마의 사랑을 뒤늦게 알게 되었어요. 지금까지도 은사 스님을 마음의 어머님이라고 생각합니다.

하지만 그렇다고 모든 이들에게 불교를 믿으라고 할 수는 없죠. 저는 남과 비교해 스스로를 루저라고 생각하는 청년들에게 자기 마음을 들여다보라고 말하고 싶어요. 남과 경쟁하고 비교하는 것이 익숙한 사회이다 보니, 자존감을 떨어뜨리는 요소가 주변에 더욱 많아진 것 같아요. 반면에 기술과 정보도 그만큼 발달된 시대여서 주변을 보면 도움되는 정보도 많고, 깨어 있는 의식도 많은 것 같아요. 하지만 저는 그중에서도 가장 좋은 답은 '자기 마음을 들여다보는 것'이라고 생각합니다.

🌑 S   불교의 가장 근본 원리가 '자기 아상'이지 않나요? 자기에 대한 생각에 집착하지 말라는 거잖아요. 어쩌면 스스로를 수치스럽게 느끼는 것도 하나의 허상이겠다는 생각이 드네요. 자기가 생각하기에 이상적인 자아상을 만들어놓고, 현실이 거기에 부합하지 못하면 실망하고 속상해하는 거죠.

🌒 Y   맞습니다. 금전적인 부분을 예로 들어보면, 가난한 내가 본질이 아니라는 것입니다. 내가 존재하고 가난이라는 상황이 있을 뿐이죠. 이 두 가지를 분리해서 봐야 합니다. 내가 영원히 가난하진 않겠죠? 상황은 언제나 변하니까요. 가난한 나라는 상에 집착하지 마세요. '가난은 가

난이고 나는 나다.', '나의 본질은 굉장히 귀한 사람이다.'라는 것을 기억해야 합니다.

그렇다고 가난한 사람이 부자가 되어야지 수치스러움이 사라지고 치유가 되는 건 아닙니다. 여전히 가난해도 자신의 마음을 있는 그대로 들여다보는 수행에서 해탈을 경험할 수 있습니다. 부자가 되어 가난함을 밝히면 덜 수치스러울 거라 생각하지만, 사실 그것은 자신이 부자가 되어 생긴 자존감으로 과거를 밝힌 것뿐입니다. 다시 가난해진다면 똑같은 수치스러움을 다시 느낄 겁니다. 가난할 때 마음을 수행하면서 수치스러운 마음으로부터 해탈하게 될 때, 비로소 영원한 해탈을 경험할 수 있습니다.

자기계발은
완전 사기

#자기계발 #성장의길 #실현의길

🍃 S   자기계발에 대해서도 이야기 나누고 싶어요. 특히 자본주의가 위력을 떨치는 나라에서 자기계발이 크게 유행하면서 사람들에게 영향을 미치고 있죠. 예를 들어서 아침 일찍 일어나 하루를 준비하는 시간이 내 삶을 획기적으로 바꿔준다는 미라클 모닝이라든가, 퇴근 후 어떻게든 3시간의 시간을 내서 공부하거나 부업을 하면 부자가 된다든가, 그런 식이죠. 또 부동산 부자가 되고 싶으면 이렇게 해라, 주식 부자가 되고 싶다면 저걸 해라는 식의 성공 공식도 많죠.

하지만 저는 그런 식으로 성공할 수 있는 사람이 과연

얼마나 될까 싶어요. 자기계발의 이런 성공 공식을 실행하기 어려운 사람들도 많지 않을까요? 그런데 그렇게 안 하면 넌 성공할 수 없어, 이런 메시지를 사회가 암묵적으로 제시하고 강요하는 것 같아서 그렇지 못한 사람은 낙담하고 좌절하게 되고요. 남들은 되는데 나만 안 되는 것 같으면 더 슬프고 고통스럽지 않을까요?

자본주의 사회에서는 "네가 아무리 가난하게 태어났더라도 노력하면 뭐든지 될 수 있어."라고 말하잖아요. 그 의미는 지금 가난하게 살고 있는 건 전적으로 네 탓이야, 라는 말과 같고요. 그래서 요즘 청년들이 더 괴로울 것 같습니다. 가난하고 삶이 안정되지 못한 것도 슬픈데, 그게 자기 탓이라고 비난을 당하고 책임까지 져야 하니까요.

청년뿐 아니에요. 저만 해도 그렇습니다. 코로나 시기에 코인이 오르고, 주식도 오르고, 집값도 오르면서 갑자기 부자가 된 사람들이 주변에 많거든요. 다 부자가 되는데 나만 안 돼, 이런 생각이 우리 사회를 더 불안하게 만드는 것 같아요. 코로나가 끝난 후에는 물가를 비롯해서 모든 것의 가격이 오르는데 수입은 늘지 않아서 생활이 굉장히 어려워졌고요. 저도 피부로 느끼고 있는 현실입니다. 이런 분위기가 자기계발의 필요성을 더 강조하는 것 같아요.

● Y　　자기계발은 아무 소용이 없습니다. 우리는 이미 있는 그대로 부족함이 없기 때문입니다. 불교에서는 두 가지 길이 있다고 말합니다. 성장의 길과 실현의 길이죠. '성장의 길'은 과일의 씨를 비옥한 땅에 심어서 잘 길러 결국 먹음직스러운 과실을 따내는 것입니다. 자기계발 개념과 비슷하죠. '실현의 길'은 받아들임의 길입니다. 주어진 상황을 받아들일 때 할 일이 있고, 가야 할 길이 보이는 거죠. 불교에서는 이미 우리가 완성된 과실이라고 말합니다. 힘들게 씨앗을 뿌리고, 물을 주어 키울 필요가 없는 거죠. 이미 완성된 과실이니까요. 하지만 많은 이들이 잘못 생각합니다. 자기계발처럼 우리 자신을 키우고, 자르고, 변해야 한다고 생각해요. 우리는 완성된 우리 자신을 드러내야 할 뿐이지, 힘들게 변화할 필요가 없습니다. 사과를 기대하고 기다리는 것처럼 행복과 온전함을 기다리지 말고 이미 있는 행복과 온전함으로 사는 거죠.

　예를 들어 저 같은 사람을 법륜스님과 비교하면 속상합니다. 법륜스님과 같은 길을 가는 것은 제게 비현실적인 일이니까요. 저는 제 길을 갈 뿐입니다. 모든 사람에게는 저마다 주어진 능력이 있습니다. 상대적인 가능성이 있다는 말입니다. 그 가능성을 인정하고, 받아들이고, 그 범위 안에서 사는 것, 그것이 받아들임의 길입니다. 그렇게 살면 의도하지 않아도 더 많은 성장을 할 수 있습니다. 성장은 자연스럽게 덤으로 주어지기 때문입니다.

하지만 성장의 길을 걷게 되면 항상 내가 모자라다는 생각에 답답합니다. 이게 문제입니다. 있는 그대로의 존재에 대한 믿음과 자신감이 없어져요.

실현의 길을 걸으세요. 지금 이 순간의 나는 부족함이 없습니다. 어쩌면 자신감을 키우는 게 불교 수행일지도 몰라요. 자신의 진짜 모습을 알게 되는 게 삶의 화두입니다.

S 있는 그대로의 나에 대해 자신감이 없다는 말씀에 크게 공감됩니다. 사회생활을 하거나 대인관계에서 문제가 생길 때마다 우리는 반사적으로 내가 뭘 잘못하지 않았나, 내가 어딘가 부족하지 않나, 하는 생각을 하잖아요. 혹은 그때 왜 그렇게 유연하게 혹은 민첩하게 대응하지 못했을까, 후회되어서 밤에 이불킥을 하기도 하고요. 내성적

이고 소심한 내가 너무 미워서 저절로 눈물이 날 때도 있고요. 베스트셀러 카테고리에 항상 자기계발서와 심리서가 빠지지 않고 오르는 이유가 이런 데 있는 것 같습니다. 우리는 우리를 치료하고 해결하고 싶은 거지요.

● Y   저의 예를 들어볼게요. 틱낫한 스님이 돌아가셨을 때 이야기입니다. 저는 틱낫한 스님을 평소 매우 존경했지만 돌아가셨다는 소식을 듣고 매우 큰 슬픔을 느끼진 못했습니다. 담담하더라고요. 그런데 어떤 스님은 법당에 틱낫한 스님의 사진을 올려놓고 슬퍼하며 49제를 지내시더라고요. 그 스님이 올린 페이스북 사진을 보며 저는 자신에게 따지듯이 이렇게 물었습니다.

'너는 왜 아무렇지도 않은 거지? 다른 스님들처럼 슬프지가 않아?'

수행하며 깨달았습니다. 저는 존경하던 스승이 돌아가시면 마음껏 슬퍼하는 그런 사람이 되고 싶었나 봅니다. 하지만 저는 그러기가 어려운 사람입니다. 수행은 제가 바라는 사람이 되는 게 아닙니다. 저를 있는 그대로 받아들이는 것일 뿐이죠.

🍃 S　　맞는 말씀입니다. 그럼에도 우리는 우리 자신의 약점이나 단점만 깊이 파고드는 나쁜 습관이 있는 것 같아요. 제 경우, 원래는 소심하고 사람들과 오래 같이 있으면 진이 빠지는 성격이면서도 한편으로는 모임에서 남들을 즐겁게 해줘야 한다는 강박관념이 있습니다. 그래서 가급적 밝은 태도로 웃긴 이야기를 늘어놓으려 하고, 누군가 우울해하거나 슬퍼할 때면 최선을 다해 위로하고 힘을 주려고 해요. 사실 제가 죽고 싶은 심정일 때도 말이죠. 전 그런 제 성향이 싫어요. 그런 성향에 대해 스님은 어떻게 생각하세요?

🔹 Y　　무엇을 해야 한다고 생각하니까 힘든 것 아닐까요? 그것도 하나의 강박이니까요. 자연스러운 것이 가장 좋다고 생각합니다. 사람들과 함께 있을 때 자연스럽게 친절하도록 해보세요. 의도적이기보다 즉흥적으로요. 상황에 맞게 그때그때 즉흥적으로 자연스럽게 친절해보세요.

🍃 S　　좀 더 이야기를 덧붙이자면 이런 거예요. 저는 프리랜서로 혼자 일한 지 오래됐어요. 그러다 아까 말씀드

렸듯이 지난 4월부터 일이 없어서 사람들을 많이 만났습니다. 번역이 많이 줄어든 현실을 혼자서만 고민하면 답이 안 나올 게 뻔하니까요. 그래서 뭔가 새로운 돌파구를 찾고자 출판계 사람들뿐 아니라, 전혀 다른 업계의 사람들도 계속 만났어요. 거짓말 안 보태고 일주일에 미팅을 3~5회는 가졌던 것 같아요. 그런 미팅을 두 달 동안 하다 보니 어느 날 문득 오늘은 아침부터 밤에 잘 때까지 한 마디도 안 하고 싶다는 충동이 너무 강하게 느껴지더라고요. 새로운 사람을 만나서 커뮤니케이션하는 게 당연히 에너지가 많이 드는 일이지만, 그와 동시에 제가 말할 때 들어주기보다는 자기가 하고 싶은 말만 늘어놓는 느낌이 들어 피곤하기도 했어요.

● Y   저도 그래서 만남을 가질 때 균형을 가지려고 노력합니다. 혼자 있는 시간이 길었다면 사람을 좀 만나야 하고, 너무 많은 사람을 만났다면 혼자 있는 시간도 그만큼 필요하다고 생각해요.

◗ S   최근에 이런 일이 있었어요. 친구가 스타벅스 기

프트콘을 선물해줘서 카페에 갔어요. 제 차례가 왔는데 한 여자 손님이 다짜고짜 끼어들어서 자기가 아까 주문한 걸 정정해달라고 하는 거예요. 그것만으로도 짜증이 나려고 했는데, 바리스타분이 알겠으니 먼저 오신 분부터 주문받고 그걸 처리해 드리겠다고 대응했죠. 제가 주문을 하니 바리스타 분이 프리퀀시 적립하겠냐고 묻기에 안 한다고 대답했어요.

전 스타벅스에 계정이 없거든요. 그러니까 내 옆에서 자기 순서를 기다리던 그 손님이 냉큼 그걸 자기 계정에 적립해도 되냐고 물어보는 거예요. 차마 "싫어요."라고 대답하긴 그래서, 우물쭈물 "네."하고 말았죠. 결국 그 프리퀀시 적립하느라 저까지 카운터에 5분 넘게 붙들려 있어야 했습니다. 그렇게 간신히 주문을 처리하고 제 자리로 가는데 짜증이 가라앉질 않더라고요. 제가 저런 사람에게까지 친절하게 대해야 하는지 분노가 이는 반면, 그런 소소한 것에 화가 나는 제가 너무 찌질하게 느껴지기도 하고요. 스님은 인간의 이런 면에 대해서 어떻게 생각하세요?

● Y   우리 안에 성인도 있고, 부처님도 있어요. 좀 더

쉽게 말하자면 우리 안에 변태도 있고, 히어로도 있고, 미친 사람도 있어요. 하지만 그렇다고 그 나쁜 존재를 없애야 하는 건 아니에요. 그냥 함께하지 않으면 돼요. 내버려두세요. 나쁜 놈을 대하는 방법은 나쁜 놈과 엉키지 않는거예요. 나쁜 놈을 좋게 만들려고 하지 않고, 나쁜 놈을 혼내지 않는 거죠. 좀 더 쉽게 설명하자면 약점보다 강점을 더 키우려고 노력하는 겁니다. 약점을 개선하려 한다거나 더 좋게 바꾸려고 노력하면 오히려 없는 허상을 더 실체화하게 돼요. 불교는 자기계발이 아니라 자기 해체입니다. 그런데 해체하는 방법은 인정뿐입니다. 엉키지 않는 거죠.

우리에게 있는 안 좋은 성품은 일시적인데, 우리는 안 좋은 성품에만 집중해서 고치려고 해요. 그런 마음 습관은 우리에게 좋지 않아요. 불교에서는 나쁜 존재는 실제로 있지 않다고 해요. 그냥 허깨비 같은 거예요. 문제는 그 나쁜 놈을 좋은 놈으로 만들려는 겁니다. 나쁜 놈이 없다는 걸 알아야 해요. 나쁜 놈이 내가 아니라는 걸 아는 게 가장 중요해요.

제 이야기를 할게요. 저는 자신에게 만족합니다. 제 몸에 대해서도 만족해요. 불만이 없습니다. 그렇지만 똥배가 나왔어요. 식습관이 정말 좋지 않거든요. 하지만 불만은 없습니다. 좋지 않은 습관에 대해 고민한다거나 제자신을 다그치며 자책하지 않는다는 말입니다. 그렇지만 더 좋은 식습관을 갖고 싶어요. 살도 더 빼고 싶습니다. 너무 빨리 달라지고 싶어서 욕심 낸다거나 저 자신을 엄격하게 다루거나 하지 않아요. 차근차근, 자연스럽게 바뀌려고 합니다. 그래서 가는 길이 정말 행복해요. 행복하기 때문에 자연스럽게 성장할 수 있는 거죠. 자기계발 또한 가는 길이 행복해야 합니다. 부단히 자기계발을 하며 행복으로 가는 게 아니라 행복 자체가 길이라는 의미입니다.

앞서 말한 실현의 길이 바로 그런 길입니다. 자신을 바꾸는 것이 아니라 있는 그대로의 자신을 받아들이는 것입니다. 나에게 이런 좋은 면도 있고, 부족한 면도 있다는 걸 받아들이는 겁니다. 나를 있는 그대로 받아들일 수 있어야 타인도 있는 그대로 받아들일 수 있습니다. 그것이 사랑이에요.

2장

부정적인
감정과
친구되기

나를 모르는 것이
외로움이고 고통입니다

#외로움 #고독 #입보살행론 #분별심

● S 행복이라는 길을 걸으려면 자신의 감정을 잘 다스리는 것도 아주 중요하다고 생각해요. 1장에서 잠깐 말씀드렸던 것처럼 다양한 직종의 많은 사람들을 만나다 보니 마음이 건강하지 못한 사람이 정말 많다고 느꼈어요. 자신이 감정의 주인이라는 걸 알면서도 그걸 제대로 다룰 수 없는 경우가 많아요. 불안, 걱정, 두려움, 질투, 우울 같은 부정적 감정을 잘 다스려야 그 순간을 충만하게 누릴 수 있잖아요? 저는 그것이 행복에 가장 가까이 가고, 또 거기에 머물 수 있는 방법이라고 생각하는데요. 그래서 좀 더 깊이 있게 2장에서는 '감정'에 대해 이야기를 나누고 싶

습니다.

　먼저 외로움이라는 감정을 다루고 싶습니다. 기독교는 교인들에게 교회라는 공동체에 속해 있다는 소속감을 주잖아요. 저는 그게 사람들이 종교를 믿는 큰 이유 중 하나라고 생각합니다. 단적으로 말해 의지할 수 있고, 내 편을 들어주는 사람들이 생기는 거잖아요. 사이비 종교가 사람들의 마음을 쉽게 사로잡는 이유도 그 소속감을 신속하게 제공하기 때문이고요. 그래서 외롭고 소외된 사람들이 사이비 종교에 빠져들 가능성이 크다고 생각하는데, 그런 면에서 불교는 소속감을 느낄 수 있는 종교는 아닌 것 같아요. 그보다는 오히려 혼자 있을 때 외롭지 않을 방법을 가르쳐주는 종교라는 생각이 듭니다.

● Y　그렇지요. 불교에서는 근본적인 외로움은 자신의 내면에서 나온다고 봅니다. 부족한 것을 자꾸 채우려고 하기 때문에 외로운 거죠. 하지만 외로움은 밖에서 채울 수 없습니다. 연인으로 채울 수 없고, 돈으로도 채울 수 없습니다. 사랑하는 이가 곁에 있어도 외로웠던 경험, 다들 한 번씩 해보지 않으셨나요?

저는 캠핑에 대한 로망이 있어서 캠핑을 다룬 유튜브 보는 걸 좋아합니다. 얼마 전 구독자가 아주 많은 어떤 여성분이 혼자 캠핑하는 영상을 봤어요. 그분이 구독자에게 많이 받는 질문 중 하나가 "외롭지 않아요?"라는 질문이라고 합니다. 그 여자분은 이렇게 답했습니다. "나는 남자친구와 한집에 같이 살면서 지금보다 더 큰 외로움을 느꼈었어요. 그런데 이렇게 혼자 캠핑을 다니면서부터는 단 한 번도 외로워본 적이 없어요."

놀라운 답변 아닌가요? 불교도 같은 시각에서 외로움을 바라봅니다. 불교는 오히려 한적한 곳에 혼자 가면 마음이 평화롭다고 합니다. 사람들과 있으면서 상처를 주고받으면 더 외로움이 커질 수 있어요. 하지만 우리 마음을 방해하는 게 없으면 혼자 있어도 고립감 대신 오히려 연결을 느끼고 평화로움을 느끼는 거죠.

외로움은 인간 본연의 마음 상태가 아닙니다. 혼자 있어서 외로운 게 아닙니다. 혼자 있고 싶지 않아서 외로운 겁니다. 혼자 있다고 생각하는 이유는 자신만 생각하기 때문이에요. 다른 사람에 대한 관심은 별로 없지만 자기 자신에 대한 관심은 지나칩니다. 이것이 자기 자신을 더 고립

시키는 것이죠.

🍃 S　앞서 1장에서 우리는 우리 자신의 스토커라는 말씀을 하셨잖아요. 지금 스님의 말씀도 같은 맥락인 것 같아요. 우리 자신에게 집착하지 않는 것, 그게 정말 지금 우리가 사는 시대에 필요한 지혜인 것 같아요. 타인과 나 자신을 자꾸 비교하면서 스스로를 더 고립시키는 것 같습니다.

🍃 Y　자꾸 자기 자신을 타인과 비교하는 것도 결국은 내가 나를 잘 모르는 데서 비롯됩니다. 자신의 참된 정체성을 모르고, 잘못된 관점으로 자신을 보고, 습관적으로 허깨비 같은 에고를 보려고 하기 때문이죠. 하지만 알아야 합니다. 에고는 본디 좁고, 한계가 많고, 고통스럽습니다. 우리는 생존 본능으로 자꾸만 에고를 보호하고 집착하려는 마음 습관이 있는데, 바로 거기에서 외로움이 비롯됩니다. 있는 그대로의 자기 자신이 행복인데 밖에서 행복을 찾는 거죠. 그래서 외롭고 우울하고 불안한 겁니다. 기억하십시오. 자신의 참된 정체성을 알면 행복에 대한 갈망이 해소됩니다. 충만함이나 사랑은 자기 자신을 아는 데서 비

롯됩니다. 자기를 모르는 것이 외로움이고 고통입니다. 혼자 불행한 사람은 같이 있어도 불행합니다. 불행을 가져오기 때문입니다. 혼자 행복한 사람은 같이 있어도 행복합니다. 행복을 가져오기 때문입니다. 찾고 있는 충만함과 사랑은 바로 자신입니다

◔ S   저도 얼마 전 외로움에 대한 칼럼을 썼거든요. 혼자 지내면서 외롭지 않을 방법에 대해서 인형을 안고 잔다든지 하는 식으로 몇 가지 제시했죠. 제가 그런 주제를 쓰는 이유는 그만큼 그 주제에 해당되는 사람들이 많기 때문입니다. 관계가 싫고 무서워 혼자 지내지만 그러면서 외롭긴 싫고, 그 사이에서 균형을 찾는 법을 알고 싶은데 그걸 잘 모르는 거죠. 저는 외로움이 우리 시대를 보여주는 하나의 징후라고 생각합니다. 스님도 외로움을 느껴본 적이 있나요?

◗ Y   그럼요. 스님이 되기 전에는 몹시 외로웠던 적이 있었습니다. 지금은 외롭지 않아요. 외로움이 혼자 있다는 느낌, 세상과 뒤떨어져 고립되어 있다는 느낌이라면, 저는

자기를 모르는 것이
외로움이고 고통입니다.
혼자 불행한 사람은 같이 있어도 불행합니다.
불행을 가져오기 때문입니다.
혼자 행복한 사람은 같이 있어도 행복합니다.
행복을 가져오기 때문입니다.

찾고 있는 충만함과 사랑은
바로 자신입니다.

그 감정을 느껴본 지 오래됐습니다.

〈울지 마, 톤즈〉라는 영화 보신 적 있나요? 이태석 신부님에게 기자가 물었어요. 아무리 선한 일이라도 톤즈라는 낯선 외지에서 생활하는 게 외롭지 않냐고요. 신부님이 말씀하셨어요. 외로울 틈이 없다고요. 제가 보기에도 그 신부님은 외롭지 않았어요. 의미 있는 관계 속에서 살기 때문이죠. 의미 있는 관계란 뭘까요? 저는 우리 자신을 유용한 사람이라고 느끼게 해주는 관계가 의미 있는 관계라고 생각해요. 우리에게는 그런 관계가 필요합니다. 그러한 애정 있는 관계가 있다면 외롭지 않습니다. 저 또한 외로움을 느껴본 지 오래된 이유는 사람들과 그러한 의미 있는 관계를 맺고 있었기 때문이죠. 사람들이 저의 존재를 인정해줬기 때문입니다.

외로움을 해결하기 위한 더 구체적인 방법을 얘기해볼까요?

타인에게 먼저 마음을 여십시오. 삶의 본질은 '우리'입니다. 타인과 내가 하나라는 생각을 가지는 것부터가 시작입니다. 불교의 입보살행론에서는 세상의 모든 행복은 타인을 생각해서 있는 것이고, 세상의 모든 고통은 자신만 생각해서 있는 것이라고 말합니다. 다른 사람에게 마음을 열어보세요. 순수한 마음을 나눠보세요. 제가 앞서 말한 것처럼 타인과 의미 있는 관계까지 가져보세요. 자신을 향한 관심을 남에게 돌려보세요.

타인에게 마음을 열기 위해서는 좋고 나쁨을 판단하는 분별심을 버리는 것이 중요합니다. 남의 허물을 함부로 판단하면 타인을 제대로 볼 수 없기 때문입니다. 마음을 열면 그 누구와도 바로 친하고 깊은 인연을 느낄 수 있어요. 연결성을 느끼면 치유가 됩니다. 삶의 본질은 연기, 즉 상호의존입니다. 서로 연결되어 있어요. 같이 행복하고 같이 불행합니다. 따로 있는 것 같지만 그렇지 않아요. 인생은 행복을 같이 이루는 겁니다. 앞서 말했지만 우리 에고는 우리 자신을 남과 자꾸 분리하려고 합니다. 차이점을 따집니다. 하지만 차이점보다 공통점을 느끼고자 노력할 때 외로움을 해결할 수 있습니다.

　S　스님의 말씀이 무슨 뜻인지 조금은 알 것 같기도 합니다. 앞서 언급했듯이 하나밖에 없는 딸이 일본에 있는 대학으로 유학을 갔어요. 그 전부터 아이가 언젠가는

제 곁을 떠날 거라는 사실을 알고 있었고, 마음의 각오를 제대로 하고 있다고 생각했어요. 한편으로는 아이가 없어도 강아지 해피와 늙은 고양이 송이도 계속 돌봐야 하고, 마감할 원고들이 쌓여 있어서 눈코뜰새없이 바쁠 테니 외로울 틈이 없을 거라고 생각했죠. 오히려 제 지인들과 친구들이 외동딸을 보내고 본격적으로 혼자가 될 저를 많이 걱정해주더라고요. 그럴 때마다 저는 속으로 너무 바빠서 외로울 틈도 없다고 생각했죠.

막상 아이가 떠났을 때 이틀 정도 정말 힘들었어요. 이미 예정된 일이라서 끄떡없을 거라고 생각했는데 아니더라고요. 아이랑 밤에 통화하면 눈물이 났죠. 그러다가 사흘째부터 거짓말처럼 괜찮아졌어요. 다시 일상으로 돌아갔죠. 일하느라 바쁘기도 했고, 친구들을 집으로 불러 같이 시간을 보내기도 하니 서서히 적응이 되더라고요. 밤마다 아이와 통화하면서 전보다 더 대화도 많이 하게 됐어요.

그걸 계기로 외로움이란 감정에 대해 여러모로 다시 깊게 생각하게 됐습니다. 혼자 있으면 분명 외로울 수 있지만, 한편으로 홀가분하고 독립적으로 생활을 꾸리는 면도 있어요. 반면 저는 친구와 지인들의 네트워크가 있어 견딜 수 있었지만, 그런 관계가 단절된 사람들은 정말 외로움이 치명적일 수도 있을 것 같아요. 실제로 혼자 지내면서 외로움을 감당하지 못하는 사람들을 많이 봤고요. 그렇기에 평소에 힘들더라도 조금씩 용기를 내서 좋아하는 사람들에게 다가가고, 작은 친절을 행하고, 경청하면서 의미 있는 관계를 만들려는 노력이 중요하다는 생각이 듭니다.

● Y　　우리는 같이 있습니다. 작가님이 슬프면 나도 슬퍼요. 작가님이 행복하면 나도 행복해요. 이것을 알면 따로 있다는 끈질긴 외로움의 환영이 깨져요. 삶의 본질을 알게 되죠. 오늘 누구를 만나든 모두가 복과 행복을 주는 은인입니다. 고개를 숙이고 감사해야죠.

내가 만든 '나'라는
슬픈 소설 해체하기

#관계 #취약성 #알아차림

🌰 S   이야기를 나누다 보니 관계는 왜, 어떻게 단절된 것일까? 라는 질문이 떠오르는데요. 제 생각엔 사람들에 게 상처받은 일이 많아지면 자연스럽게 자신 속으로 파고 들면서 타인을 기피하게 되는 것 같습니다. 직장에서 감 정 노동에 시달리는 사람들은 당연히 사람과의 접촉이 일 처럼 느껴질 거고요. 감정 노동이 아니라 해도 상사의 갑 질이나 폭언에 시달리면 자연스럽게 마음 근육에 힘이 없 어지는 거죠. 친구나 가족처럼 가까운 사람들이 생각 없이 던진 모진 말에 평생 괴로워하는 사람들도 많잖아요. 저의 예를 하나 들어볼게요.

제가 작년 9월에 《너를 찾아서》라는 첫 소설을 출간했어요. 감사하게도 페이스북 친구들이 많이 사주고, 서평도 잘 써주셔서 판매에 큰 도움을 받았죠. 그런데 사람 마음이 참 그렇다라고요. 좋은 평 100개를 받으면 나쁜 평 하나 정도는 견딜 수 있어야 하는데, 나쁜 평 하나에 좋은 평 100개가 잊히더라고요. 어떻게 하면 그런 나쁜 의도를 가진 말들에 연연하지 않을 수 있을까요?

남들이 제게 무심코 던진 한마디에 일상생활이 흔들릴 정도로 마음이 어려웠던 적이 많아서 그 이야기를 더 해보고 싶어요. 한 가지 더 예를 들자면 이 소설을 완성하려고 노트북을 들고 매일 카페에 가서 일했어요. 커피 한 잔 시키고 소설 쓰는 모습을 30일 동안 계속 페이스북에 올리며 저만의 챌린지를 했죠. 소설을 쓴다는 이야기는 부끄러워서 할 수 없었고 '지금 30일 챌린지 중인데 많이 응원해 달라.'고만 썼어요.

많은 분이 댓글로 대단하다고, 어떻게 매일 카페에서 글을 쓰냐며 응원하고 격려해주셨는데, 딱 한 분이 이런 댓글을 달더라고요. '내 눈엔 일하는 걸로 안 보인다. 커피 잔만 보인다.'라고요. 농담을 할 정도로 저와 친분이 있는 사람도 아니었는데, 그 악플에 정말 큰 상처를 받았어요. 응원과 격려의 댓글도 많았는데, 그 댓글 하나에 마음이 지옥 같더라고요. 마음을 다스리기가 정말 쉽지 않다는 걸 그때 알았습니다.

● Y   저는 작가님께 그런 나쁜 의도를 가진 말들을 그냥 두라고 조언하고 싶습니다. 작가님 마음에 무심코 떠오르는 생각을 믿으면 안 됩니다. 중요한 게 아니기 때문입니다.

나를 향한 비난이나 나쁜 말은 그냥 내버려두세요. 나에게 크게 해가 될까봐 걱정하는데 그렇지 않습니다. 그것은 우리 일이 아닙니다. 그 사람도 그렇게 댓글을 달 수 있는 거고, 그렇게 댓글을 다는 것은 그 사람의 일입니다. 그 악플은 생각보다 나에게 해가 되지 않을 겁니다. '나의 일'이 아니라, '그 사람의 일'이라고 생각하려고 노력해보세요. 생각의 균형을 잡기 위해서, 나를 안 좋게 생각하는 사람도 있지만 나를 칭찬해주는 사람도 있다는 것을 떠올리는 것도 좋은 방법입니다. 나를 안 좋게 보는 사람에게 집착하면, 그 사람의 일이라고 느끼지 못합니다.

우리가 겪는 모든 고통은 마음의 내용을 믿기 때문입니

다. 생각에 개의치 않는 것, 마음을 팔지 않는 것, 그냥 두는 것, 이것들이 상처받지 않는 기법입니다. 그래서 마음 공부 말고는 답이 없죠. 결국 명상을 해야 합니다. 산만한 마음은 행복할 수 없어요. 마음이 고요히 가만히 있는 것, 생각에 영향을 받지 않는 것, 이게 진정한 행복입니다. 알아차림을 길러서 지속적으로 배가 되는 행복을 누리도록 노력해보세요.

🜋 S 　　그분이 좀 특이했어요. 다른 사람한테는 그런 오해를 살 만한 댓글을 안 다셨는데, 저에게만 비슷한 비난 톤으로 댓글을 두 번 정도 다시더라고요.

　저에게는 나름대로 제 마음을 관리하는 방법이 있는데요. 누군가가 저에게 상처 주는 말을 하거나, 저를 무시하거나, 중요한 약속을 성의 없이 깨버릴 때마다 마음속으로 경고 카드를 한 장씩 날려요. 초등학생도 아닌데 한 번 잘못했다고 절교하는 건 유치하고, 일단 기회를 주는 거죠. 그렇게 마음속으로 날리는 경고 카드가 세 장이면 제 마음속에서 그 관계를 정리합니다. 《나의 라임 오렌지나무》의 주인공 제제가 누군가를 더는 사랑하지 않는 식으로 관계를 끝내는 것처럼요. 저 나름의 삼세판 법칙이라고 할 수 있습니다. 나는 너에게 기회를 세 번이나 줬으니까 이젠 죄책감 없이 관계를 정리해도 된다는 그런 논리죠. 그런 식으로 제 마음을 조금씩이나마 튼튼하게 만들어왔던 것 같습니다.

● Y 　관계를 멀리하는 것은 해롭지 않아요. 하지만 내 마음에 안 좋게 남기는 것은 나 자신에게 해롭습니다. 그 사람에게 상처받는 이유는 나의 에고가 건드려졌기 때문입니다. 내 에고를 건드린 상대방이 안 좋게 보이고, 상처받습니다. 하지만 그 상처는 에고가 받는 것이지, 나 자신이 받는 것은 아닙니다.

생각해보면 대부분의 인간관계가 우리에게 좋지 않습니다. 그렇지 않나요? 사귈 만한 사람은 몇 명 없습니다. 어쩌면 한 명도 없을 수도 있습니다. 때문에 나를 아프게 하는 사람이 있다면 멀리하는 게 좋습니다. 대신 친절하게 멀리하세요. 좀 안된 사람이구나, 좀 아픈 사람이구나 생각하는 거죠. 나보다 낮은 사람이라고 보는 게 아니라 안타까워해야 한다는 말입니다.

관계에서 상처받는 것을 두려워하지 않는 연습도 해보세요. 누군가 나의 에고를 불쾌하게 건드렸다면, 내 에고를 약하게 할 수 있는 가장 이상적인 기회라고 생각해보는 겁니다. 그런 이유로 저는 자신에게 상처를 준 사람에게 세 번의 기회가 아닌 30번, 300번, 아니 8만 3000번까지 기회를 주어야 한다고 생각합니다. 우리 스스로 좋은 사람이 될 수 있는 기회이기 때문입니다.

좀 더 깊이 이야기해볼게요. 타인이 나의 취약성을 건드릴 때, 그때 올라오는 아픔을 느껴보는 용기가 필요합니다. 저 같은 경우, 사람들이 저를 인정해주지 않을 때 그 상황에서 도망가고 싶은 마음 습관이 있어요. 상처받고 싶지 않은 거죠. 그런데 그 불편한 느낌을 허용하며 느끼는 게 우리에게 굉장히 치유적이에요. 사실 두렵고 힘들죠. 하지만 그걸 느낄 수 있다면 나의 취약성도 열어집니다. 그 느낌이 우리 자신에 대해 알려주는 게 많아요. 그 느낌에 귀 기울일 때 자기 자신이 만든 에고가 해체되면서 고통스러운 정체성이 조금씩 해체됩니다. 내가 만든 나라는 슬픈 소설이 해체되는 거죠. 해체될수록 나의 무한한 가치가 드러납니다.

나를 향한 비난이나
나쁜 말은 그냥 내버려두세요.

나에게 크게 해가 될까봐 걱정하는데,
그렇지 않습니다.
그것은 우리 일이 아닙니다.

생각의 균형을 잡기 위해서,
나를 안 좋게 생각하는 사람도 있지만
나를 칭찬해주는 사람도 있다는 것을
떠올리는 것도 좋은 방법입니다.
나를 안 좋게 보는 사람에게 집착하면,
그 사람의 일이라고 느끼지 못합니다.

좋은 점은 숨기고
안 좋은 점은 알리세요

#질투 #공덕 #연결성

🫧 S 가깝게 지내면서 마음을 주고 나를 응원하는 사람이라고 생각했다가 그 사람이 나를 질투하고 있었다는 걸 알아차리는 사례가 굉장히 많은 것 같습니다. 저는 고향이 순천인데, 어렸을 때 삼촌 사무실에 놀러가면 같이 일하는 삼촌 동료분들에게 귀여움을 많이 받았어요.

그때도 저는 독서광이었는데 어쩌다 유명한 소설가 이야기가 나왔어요. 그러자 한 분이 이러시는 거예요. "내가 그 소설가랑 초등학교 동창이었는데, 갸가 어렸을 때는 집도 엄청 못 살고 공부도 맨날 꼴찌에 가까웠다니까. 갸가 그렇게 될 줄 아무도 몰랐어." 그러면서 그분은 그 소설가가 쓴 책을 한 권도 안 읽었다고 자랑스럽게 말씀하시더군요. 그때는 어린 마음에 몰랐는데 나중에 어른이 돼서 생각해보니 그건 '질투'였던 거죠.

또 이런 일도 있었어요. 제 후배가 오래전에 책을 한 권 냈어요. 첫 책이었는데 그 후배가 일하는 업계를 소개하는 책이었어요. 그 업계에 진입하려면 어떻게 해야 하고 무슨 공부를 해야 하는가를 알려주는 일종의 실용서였습니다. 사실 저도 후배가 책을 냈다고 했을 때 놀라긴 했어요. 워낙 평소에 수줍어하면서 자신을 드러내지 않는 성격이었거든요.

그런데 그 책이 나온 걸 알고 같은 업계에서 일하는 사람들이 "네가 책을 써? 감히 네가?" 이런 식의 눈빛과 말을 해서 후배가 상처를 많이 받았다고 하더군요. 그것도 역시 질투죠. 이런 식으로 질투란 감정은 알게 모르게 우리 사회에 공기처럼 폭넓게 퍼져 있다고 보는데 스님은 어떻게 생각하세요?

● Y 　질투심은 남의 공덕을 하찮게 여기는 것, 남의 좋은 점을 인정하지 못해 생기는 감정이에요. 하지만 내 덕

을 쌓는 방법은 남을 질투하지 않고, 남의 행복을 자기 행복처럼 여기고 같이 기뻐하는 겁니다. 불교에서는 행복한 사람을 볼 때마다, 잘 나가는 사람을 볼 때마다 함께 기뻐하면 자신에게 복이 생긴다고 말합니다. 마음은 물질이 아니기 때문에 누구와도 나눌 수 있습니다. 그 사람의 마음도 우리의 마음도 받아들일 수 있기 때문입니다. 그럼 행복할 수 있는 기회가 많아집니다. 그러면서 사람과의 연결성을 가지는 것이죠.

사실 좋은 점은 숨기고 안 좋은 점은 알릴 때 우리에게 참된 이익이 생깁니다. 저도 자랑하고 싶은 것들 많죠. 법회의 좋은 모습을 알리고 싶죠. 그런데 자랑하지 않아요. SNS에 올리지도 않아요. 왜냐하면 그런 걸 자랑하는 게 순기능보다 역기능이 많다고 생각하기 때문입니다. 좋은 점은 숨기고, 안 좋은 점은 알리는 것, 어쩌면 그게 더 지혜로울지도 몰라요.

🎤 S   질투에 관한 질문을 하나 더 하고 싶은데요. 예전에 제가 아는 분이 쓴 에세이가 베스트셀러 1위에 오른 적이 있어요. 그래서 제가 기쁜 마음에 그 분을 만났을 때 축

하드리면서 지금 기분이 얼마나 좋으시냐고 물어봤거든요. 그분이 뜻밖의 말씀을 하셨어요. 1위 하고 나서 그런 말은 처음 들어본다고요.

깜짝 놀랐죠. 분명 축하도 많이 받았을 거고, 기분이 어떤지 질문도 많이 받았을 것 같은데 아니라는 거예요. 그런 말을 한 건 제가 처음이었다고요. 그때 질투란 게 참 무서운 감정이구나 생각했습니다. 출판계가 워낙 좁고 열악한 세계다 보니 타인의 성공을 진심으로 축하하기 힘든 곳이 아닌가 하는 생각도 들었고요.

그런데 유튜브를 보니 어떤 분이 우리나라에서 가장 유명한 대기업의 사장으로 근무했을 때, 승진할 때마다 수많은 시기와 질투 때문에 머리가 아팠다는 내용을 보고 질투란 업계와 분야를 초월한다는 생각도 들었습니다. 질투를 극복하고 타인의 성공을 진심으로 축하할 수 있는 방법이 있을까요?

● Y   일단 내버려두세요. 개의치 않는 거죠. 질투심이 날 때는 그 사람의 공을 인정하도록 마음을 내주어야 해요. 그리고 그 사람이 얼마나 기쁠지 공감하는 연습이 필

요해요. 많은 사람이 지인이 잘되는 모습을 봤을 때 질투하죠. 그리고 나는 왜 그 정도로 성공하지 못했나 하는 생각에 괴롭기도 하고요. 그런데 저는 질투는 사람의 본능이 아닌 습관이라고 생각합니다. 우리 안의 작은 사람, 즉 옹졸한 사람이 만든 잘못된 마음습관인 거죠.

그 사람의 행복을 같이 기뻐할 때 그 행복이 우리의 행복이 되고, 그 사람의 공덕이 우리에게 온다고 생각하면 어떨까요? 같이 기뻐하면 복이 나한테 옵니다. 그렇게 생각하면 마음이 더 쉽게 열리지 않을까요?

● S   스님 말씀을 듣다 보니 최근에 읽은 책의 한 부분이 생각나네요. 우리 내면의 질투에 대해서 되게 좋은 말이 나와서 잘 실천하고 있거든요. 지인이 상을 탔다거나, 기쁜 소식을 전할 때, 대게는 배가 아프지만 꾹 참고 "축하해."라고 얘기해주잖아요. 그런데 그게 아니라, 온 마음을 다해 축하해주고 기뻐하면 그 복이 다시 나에게 돌아온다는 말이었어요. 그러니까 사람이 질투하는 건 저 사람만 잘되고 나는 잘되는 게 없으니까 더 배가 아픈 거잖아요. 그런데 내가 같이 기뻐하고 행복해하며 진심으로 축하할

때 그 복이 나한테 온다고 생각하면 더 쉽게 축하할 수 있더라고요. 이게 정말 좋은 예시인 것 같아요.

● Y　　맞습니다. 그렇게 생각하면 마음을 내주는 일이 더 쉬워지죠. 그게 부처님의 말씀이기도 합니다. 예를 들어 그 사람이 글을 잘 쓰는 걸 진심으로 기뻐하면, 그 자질이 우리에게 생긴다는 거죠. 또 이런 예도 있겠네요. 나는 너무 게을러서 부지런한 사람이 부럽다면 그 공덕을 기뻐하고, 정말 나도 그렇게 부지런하고 싶다고 생각하는 거죠. 그러면 자신에게도 그런 자질이 생깁니다.

손절의 법칙

#관계의법칙 #인욕바라밀

● S   며칠 전에 한 친구를 만나고 마음이 굉장히 괴로 웠어요. 서로 일이 바쁘다 보니 자주는 못 보고 1년에 한 번 정도 만나 이런저런 이야기를 나누는 사이였죠. 그 친구를 만나고 집에 돌아올 때면 항상 마음이 괴로웠어요. 그 이유를 잘 몰랐는데 며칠 전 만남에서 구체적인 이유를 찾았어요. 그 친구가 저를 생각하고 배려하는 마음이 저만큼은 아니었던 거죠.

사소할 수 있는 예를 들자면 저는 그 친구를 만날 때마다 밥값과 커피값을 내요. 단 한 번도 그 친구가 낸 적이 없는데, 저는 제가 좀 더 나이가 있으니 그럴 수 있다고 생각했거든요. 또 1년에 한 번 만나는 건데 그 정도가 어렵지도 않고요. 다만 그 친구는 엄청 잘 나가고, 돈도 저보다 몇 배를 버는데 제게 밥이나 커피를 산 적이 없어요. 그걸 깨닫게 되니 문득 화가 나더라고요. 이 친구에게 나는 그런 배려를 받을 수 없는 존재인가 싶기도 했고, 나를 은근 무시하는 건가 싶기도 하고요.

그렇게 마음이 괴로울 때 《내가 틀릴 수도 있습니다》라는 책을 읽었어요. 이런 구절이 있더라고요. "남한테 내가 원하는 대로 해주길 기대하지 마라. 그러면 나만 고통스럽다." 딱 제 경우더라고요. 저는 그 친구가 차 한잔이라도 사길 기대했는데 그게 안 되니 화가 나는 거잖아요. 책을 읽고 나서 마음이 좀 편해지긴 했지만, 스님은 이처럼 주고받는 게 명확하지 않는 관계를 어떻게 생각하시나요?

● Y 저도 마찬가지겠죠. 불편한 마음이 올라올 수 있습니다. 지금처럼 수행하지 않았다면 말이에요. 그런데 지금은 다소 이기적인 사람을 만나도 전혀 불편한 감정이 없습니다. 불편한 감정을 만들지 않습니다. 삶이라는 게 그런 거니까요. 어떤 사람에게는 더 베풀게 되고, 어떤 사람

에게는 더 받게 되잖아요?

작가님이 이야기해주신 상황과 딱 맞진 않지만, 저도 불편한 감정을 주는 친구가 있습니다. 미국에서 만난 친구이고 저보다 열 살이나 나이가 많죠. 그 친구는 단 한 번도 밥을 산 적이 없어요. 하지만 불편하지 않습니다. 그냥 제가 내요. 그 친구는 만나면 자기 자랑을 많이 합니다. 다른 사람 이야기는 잘 들어주지 못해요. 하지만 저는 그냥 다 들어줍니다.

전혀 안 속상해요. 그 친구와는 그런 관계라는 것을 그냥 받아들일 뿐입니다. 제가 그 친구를 좋아하기도 하지만 그 친구에게는 저와 같은 친구가 없으니까요. 이야기를 들어주고 밥을 함께 먹어주는 친구요. 저는 제가 그 이야기를 들어줄 수 있으니 기쁠 뿐입니다.

내가 한 번 밥 사면, 상대방이 사는 게 사회에서 통용되는 일종의 암묵적인 규칙이죠. 보통의 사람들은 이런 규칙을 잘 지킵니다. 그런데 그 규칙을 지키지 못하는 사람도 있어요. 물론 경제적으로 어려운 사람도 있겠지만, 그렇지 않은데도 받는 것에만 익숙한 사람이라면 '무지한 사람'일 것 같아요. 요즘 말로 그런 사람은 손절당하기 쉽죠.

하지만 이렇게 생각해보세요. 사람들은 대체로 계산적입니다. 계산적이지 않으려고 계산적인 습관을 초월하는 것이 더 인간적인 사람이 되는 길입니다. 저는 상대방이 한 번 산다고, 제가 그다음에 한 번 사는 관계의 규칙이 인간적이라고 생각하지는 않습니다. 제가 여유가 있다면 또는 그 사람을 좋아한다면 계속 살 수도 있는 거라고 생각하고, 그게 인간적이라고 생각해요. 물론 싫은 사람에게 그럴 필요는 없죠.

우리가 기쁜 마음으로 누군가를 대접하는 것이 진짜 기쁜 마음이 아닐까요? 식당에서 거의 레슬링하듯이 몸싸움을 하면서 서로 밥값을 내려고 하는 모습을 본 적 있어요. 참 보기 좋더라고요. 저는 그런 마음이 인간적인 것 같아요. 입보살행론에 이런 말이 있어요.

"이걸 주면 나한테 무엇이 남을까? 이건 악귀의 생각이다. 이걸 안 주면 남에게 베풀 기회를 놓친다. 이건 천신의 생각이다."

이익과 손해는 우리가 생각하는 대로 이루어지는 것이 아닐 수도 있어요. 우리가 베풀면 우리에게 배로 돌아옵니다. 이걸 우리가 몰라서 베푸는 게 힘든 거죠. 이 법칙을 알면 서로 욕심내서 베풀지 않을까요?

업은 부메랑입니다. 주는 대로 받습니다.

S　　제가 너무 물질적으로 생각하는 것일까요? 하지만 저는 이런 일방적인 관계에 회의적이에요. 저는 그런 식으로 사람을 대하지 않아요. 정말 소중한 사람이면 잘 챙기려고 노력하는 스타일이거든요. 한 예로 제가 사랑하는 친구 남편이 갑자기 암에 걸렸어요. 다들 너무 충격을 받았죠.

그때 저는 그 친구한테 이렇게 말했어요. "남편이 갑자기 암에 걸려서 정신없을 텐데, 가족이 병에 걸리면 돈 문제가 제일 힘들다. 만약 치료비가 없어서 힘들면 나한테 꼭 얘기를 해줘라."라고요. 물론 저도 경제적으로 누구를 도울 만큼 풍족하진 않아요. 하지만 그 친구가 도와달라고 한다면 정말 해줄 수 있을 것 같았어요. 사랑한다고 말로는 얼마든지 할 수 있지만 그걸 행동으로 보여주는 게 진짜 사랑이라고 생각하거든요. 그런데 다행히 친구 남편은 잘 회복됐고, 오히려 그 친구에게 제가 더 많이 받았어요. 물질적으로나 정신적으로나.

앞에서 말한 관계에 회의적이라고 한 뜻은, 저는 상대방을 좋아하고 앞으로 깊은 관계를 지속하고 싶어서 마음과 돈을 쓴 건데 상대방은 그저 말뿐인 관계를 말해요. 그런 관계를 지속할 필요가 있을까요?

🎤 Y　　모든 관계에는 좋은 점도 있고 나쁜 점도 있습니다. 이익 볼 때도 있고 손해 볼 때도 있습니다. 희생해야 할 때도 있죠. 사랑해서 만나는 연인도, 같이 사는 부부 관계에서도 똑같습니다. 좋고 나쁜 것 모두 있는 건데 나쁜 것은 감당하지 않으려고 하니까 자꾸 문제가 생기는 겁니다. 좋은 건 1이고, 나쁜 건 9라면 물론 그 관계는 끊어야겠죠. 하지만 모든 관계가 그다지 이롭지만 않다는 걸 생각하면 굳이 관계를 끊어야 하나 싶기도 합니다. 1년에 한 번 만나는 사이라고 하셨으니 저는 그 관계를 아예 끊는 것보다 가지고 가는 게 좋다고 생각합니다.

칼융이 이런 말을 했어요. "남을 보는 시점에서 자기를 알 수 있다." 내가 그 친구를 만날 때 어떤 부분에서 마음이 올라오는지 안다면, 나 자신을 알게 되는 겁니다. 내 업을 알아차릴 수 있습니다. 그래서 저는 작가님의 그 관계가 나쁘기만 한 건 아니라고 생각합니다. 모든 인연은 어떻게 될지 알 수 없습니다. 그게 삶입니다. 관계를 끊지 말고 좋게 열어두는 건 어떨까요?

◔ S　　50대인 저만 그렇게 생각하는 건 아니더라고요. 2030 젊은 청년을 위한 에세이나 자기계발서를 보면 이런 득이 되지 않는 관계는 과감히 끊어내라, 쳐내라는 이야기가 많이 나와요. 저뿐 아니라 많은 이가 나에게 득이 되지 않는 관계를 쳐내는 것이 좋다고 생각하는 것 같습니다. 어찌 보면 효율적인 관계 관리의 팁이라고 할까요? 물론 인간 관계라는 것이 관리될 수 있는가의 문제는 또 다른 차원이긴 합니다만.

◔ Y　　나에게 좋지 않은 관계를 걷어내는 것은 좋습니다. 걷어내는 것도 지혜입니다. 그런데 그 과정에서 자비가 없으면 결국 자기 자신한테 상처로 남아요. 안 좋은 마음으로 그 사람을 끊어내지 않길 바랍니다. 안 좋은 마음으로 끊으면 그 상처가 자기 자신에게 남고, 그 남은 상처는 앞으로 만날 관계에도 안 좋은 영향을 미치기 때문입니

다. 마음을 단절하면 나 자신이 섬이 되고, 외로워질 수 있습니다. 마음에 구멍이 생긴다는 말입니다.

두 가지 측면이 있습니다. 첫 번째는 상대적인 측면입니다. 나에게 해가 되는 관계는 몸을 멀리하는 것이 좋습니다. 사실 그런 관계는 친구일 수도 있지만 부모일 수도 있고, 형제일 수도 있습니다. 친절하게 멀리하라는 말이죠. 두 번째는 마음의 측면입니다. 나에게 해가 되는 사람에게 안 좋은 마음을 품지 않도록 주의해야 합니다. 남을 버리는 것은 자신을 버리는 것과 똑같기 때문입니다. 우리는 둘이 아니기 때문입니다. 우리는 하나이기 때문입니다.

⬤ S   그건 스님 말씀이 맞아요. 그런 식으로 헤어지거나 정리하면 당시에는 산뜻한 것 같아도 마치 마음에 잔상이 남는 것처럼 그 사람이 문득문득 떠올라서 슬플 때가 있더라고요. 참 인간 관계는 쉽지 않은 것 같습니다. 다만 그 사람을 보내고 느끼는 고통과 보내지 않고 참았을 때 계속해서 느끼는 고통 중 어느 것이 더 큰가가, 저는 관계 유지의 관건인 것 같아요.

그런 면에서 떠오르는 한 친구가 있습니다. 어릴 때부

터 오랜 세월 함께 한 A라는 친구인데, 어느 순간 그 친구가 저를 동등한 친구로 여기지 않는다는 생각이 들더군요. 여기서 '동등한'이란 그 친구가 생각하는 이상적인 사회적 지위나 재산을 기준으로 했을 때 제가 거기에 미치지 못한다는 뜻이죠. 그래도 어린 시절 쌓은 정으로 같이 지냈는데 어느 순간 더는 안 되겠다는 생각이 들더라고요.

제게 정말 힘든 일이 닥쳤을 때 문득 A에겐 털어놓을 수 없겠다는 생각이 들더군요. 그 일로 인해 A가 나를 평가하는 기준이 더 낮아질 테니까요. 결국 관계를 정리했지만, 요즘도 가끔 A를 생각하면 마음이 아플 때가 있습니다. 앞서 말한 것처럼 저는 A를 보내고 느끼는 고통을 선택한 셈이지요.

● Y　　그 경우 세 번째 초이스가 있을 수 있죠. 몸은 멀리하지만 마음은 그 사람을 버리지 않는 것이죠. 이것도 슬픈 일입니다. 하지만 마음으로는 '미안하다.', '함께하고 있다.', '사랑한다.'라고 전할 수 있다고 생각해요. 하지만 만나서 좋은 일이 없다면 멀리하는 것이 현명한 일입니다. 우리는 항상 극단적인 선택만 있는 줄 알지만, 중도를 생

각해보세요. 멀리하지만 마음은 함께하는 것. 마음은 통합니다. 그 마음이 상대방에게 전해집니다. 마음은 물질이 아니기 때문에 통합니다. 저는 그런 걸 많이 느낍니다.

🍎 S　　인간관계에서 생기는 갈등을 지혜롭게 해결할 수 있는 것만으로도 삶의 질이 높아질 것 같다는 생각이 들어요.

얼마 전에 제가 피하고 싶은 친구가 만나자고 연락이 와서 어떻게 해야 할지 고민하다가 유튜브에 '친구와 서서히 멀어지는 법'이라고 검색한 적이 있어요. 그걸 보고 딸이 웃더군요. 엄마 나이엔 인생의 모든 해답을 알고 있을 것 같았는데, 엄마를 보니 그렇지 않아서 웃었던 거죠.

사실 그 유튜브 영상에서 나온 내용은 성숙하지 못한 방법이었습니다. 그냥 웃고 말았죠. 이런 거였어요. 예를 들어, 만나기 싫은 친구와 약속이 어쩔 수 없이 잡히면 최대한 상대방이 마음을 다치지 않을 핑계를 대면서 계속 약속을 늦추라는 거죠. 한 1년 정도 늦추면 이 사람은 나랑 만나기 싫구나 하고 그쪽에서 신호를 알아차린다는 거였어요.

● Y　　하하하. 재밌네요. 제 생각에도 핑계를 대며 약속을 늦추는 건 좋은 방법이 아닌 것 같습니다. 상대방을 아이처럼 생각하고 대하는 거니까요. 그렇다고 나는 너의 이런 점 때문에 힘들다고 직접적으로 말하는 것도 안 좋은 방법 같아요. 상대방이 상처를 받으니까요. 저도 그런 힘든 관계가 있죠. 저는 아까 말씀드렸던 중도를 지키려고 합니다. 너무 강하지도, 너무 약하지도 않게 대하려고 합니다. 그 사람이 아이가 아니니까 직접적으로, 요약적으로, 최대한 친절하게 말하려고 노력합니다. 그럼에도 불구하고 그 사람이 상처받는다면 어쩔 수 없는 일이고요. 우리는 중도를 지키려는 연습을 일상에서 해볼 기회가 없죠. 관계에서도 마찬가지고요. 관계에서 중도를 지키는 연습을 해보는 것도 하나의 방법이 될 것 같습니다.

또 이렇게도 생각해보세요. 인간관계에서 갈등이 없을 수 없지 않나요? 인간관계에서 갈등이 없기를 바라는 마음 자체가 비현실적이죠. 갈등으로 관계가 깊어지면서 진정한 사랑을 찾을 수도 있습니다. 또 갈등을 잘 다루면 나의 내면에 큰 변화가 오고 사람이 될 수 있어요. 아무리 다른 사람을 탓하더라도 문제는 자기한테 있으니까요. 다른 사람으로 인해 자기 업이 올라오고 감당하지 못해서 괴로운 겁니다. 어쨌든 괴로움은 자기 몫이에요. 내려놓지 못해서, 자비심이 없어서 괴로운 겁니다. 갈등으로 자기 업을 알아차리고 내려놓음을 배울 수 있다면 사람이 될 수 있어요.

어렵죠? 갈등이 쌓이지 않게 노력하는 것도 방법이 될 수 있습니다. 불이 작으면 끌 수 있지만, 그냥 놔두면 감당하기 어렵게 커지는 이치와 마찬가지예요. 내려놓든지, 이야기해서 풀 수 있다면 풀면서 더 커지기 전에 잡는 게 좋습니다. 알고 보면 아무것도 아닌 문제인데, 쌓아서 더 크게 감정을 키우는 것은 좋지 않아요. 그렇다고 그때그때 불편한 것을 모두 말하라는 것이 아니라, 불편한 감정이 올라올 때 지혜롭게 알아차리는 것이 중요하다는 말입니다.

저는 관계 맺는 일이 항상 겸손을 배우는 일이라고 생각합니다. 모든 인간관계는 인욕바라밀 수행입니다. 인욕바라밀이라는 것은 겸손을 유지하는 것입니다. 이것은 나뿐만 아니라 타인에게도 좋은 영향을 끼칩니다. 자신의 올라오는 마음을 내려놓을 수 있다면, 알아차릴 수 있다면 관계가 좋아질 수 있습니다. 그렇다고 무조건 참으라는 것은 절대 아닙니다. 제가 말하는 인내는 참는 것과는 반대되는 것입니다. 자신의 아집을 내려놓는 일이죠.

숨기지 마세요.
피하지 마세요. 밝혀주세요

#불안 #우울 #정화

🌑 S "감정과 잠시 떨어져 들여다보라."는 스님 말씀을 들으니 김영하라는 소설가가 강연에서 했던 이야기가 떠올라요. 그분이 강연에서 이런 얘기를 했어요. 요새 친구들은 모든 감정을 뭉뚱그려 '짜증 나.' 이 한마디로 표현한다고요. 사실 내 마음에 어떤 감정이 일었을 때 그건 '짜증 나.'가 아니고 '화가 나.', '섭섭해.' 혹은 '슬퍼.', '우울해.' 이런 다양한 감정의 결이 있을 수 있잖아요.

그 모든 걸 하나로 뭉뚱그려 '짜증 나.' 이렇게 간단히 표현하니까 기분이 안 좋은데 내가 왜 기분이 안 좋은지도 모르고 내 마음이 어떤 상태인지 모른다는 거죠. 그러지 말고 글을 쓸 때 자신의 감정을 들여다보고 그 감정을 구체적으로 표현하라는 말이었어요. 나는 지금 화가 나, 나는 지금 실망했어, 나는 지금 좌절감을 느껴, 이런 식으로요. 자기가 느끼는 감정을 정확하게 들여다보고 거기에 맞는 이름을 붙여주면 뭔가 해결책이 보일 수 있는데, 자꾸 '짜증 나.'라고만 표현하면 부정적인 감정이 사라지지 않고 자기 마음을 떠돌게 된다는 이야기였습니다. 그 이야기와 일맥상통하는 것 같아요.

● Y   맞습니다. 우리는 부정적인 감정이 들 때, 예를 들어 우울이나 불안, 공황, 분노와 같은 부정적 감정에 불친절합니다. '너는 필요 없어.' 또는 '빨리 사라져야 해.' 이렇게 불친절하게 대하며 외면해버리죠. 하지만 이런 감정들이 올라올 때 좀 다르게 행동해보세요. 좀 더 친절하게 대해보세요.

이런 거죠. 공황을 겪는 일보다 어려운 것은 공황을 피하려고 애쓰는 것입니다. 우울보다 힘든 일은 우울을 피하려고 하는 일입니다. 하지만 우울감이나 불안감을 자세히 들여다보면 그것이 우리 생각보다 우리 삶에 해가 되지 않아요. 문제를 일으키지 않는단 말입니다.

부정적 감정이 뱀파이어와 같다고 생각해보면 어떨까요? 뱀파이어는 한낮의 빛을 견딜 수 없어하잖아요? 슬픔을 밝히면, 즉 슬픔과 만나면 슬픔이 살아남지 못해요. 원래 아무것도 아닌 실체가 없는 것이기 때문에 살아남지 못하는 거죠. 우리는 어쩌면 그런 부정적 감정에 생명을 주는 걸지도 몰라요. 슬픔보다 안 좋은 게 슬픔을 슬퍼하는 것. 불안을 불안해하는 것. 두려움을 두려워하는 것입니다. 우리 스스로 그런 실체가 없는 부정적 감정에 생명을 주지 말아야 합니다. 불안을 허용해보세요. 불안해도 돼요. 슬픔을 받아들여보세요. 감당할 수 있어요. 두려워해도 됩니다. 크게 문제를 일으키지 않을 거예요. 이게 바로 감정을 친절하게 들여다본다는 의미입니다.

🍃 S 스님 말씀이 이해가 됩니다. 그런데 우리는 자꾸 그런 부정적 감정이 올라올 때 원인부터 찾으려고 하는 것 같아요. 제 아이와 제게도 몇 년 전 크게 힘든 일이 있었어요. 제 딸이 대학교 입학시험을 준비하다가 공황이 왔었죠. 그래서 심각한 우울증이 생겼고 대입 준비를 제대로

할 수 없었어요. 제 속도 많이 상했죠. 아이를 낳게 하려고 안 해본 일이 없었어요. 한의원에 가서 한약도 지어보고, 병원 가서 종합검진도 받아보고, 그 과정에서 정신과에 갔어요. 그런데 정신과 선생님이 아이에게 몇 가지 검사를 하더니 저를 심하게 야단치는 거예요.

"아이가 아직 어린데 우울증 강도가 너무 심한 거 아니예요? 애가 어떻게 살아왔길래 이 정도로 아파요?"

그 말을 듣는 제가 공황이 올 것 같았어요. 아이가 아파서 저도 정말 속상하고 미칠 것 같고, 그렇지 않아도 저 때문에 이렇게 된 것 같아 힘든 상황에서 노골적으로 그런 말을 들으니 너무 큰 상처를 받았어요. 나중엔 저도 상담을 받을 정도로 힘들었죠.

결국 공황과 우울증은 다른 방법으로 고쳤어요. 우울증이라는 게 뇌의 문제이기도 하지만, 장에도 우울한 균이 많다고 하잖아요? 지인의 소개로 장 디톡스를 하고, 식단 관리를 하고, 저도 옆에서 아이에게 힘이 되어주는 말을 더 많이 자주 해주려고 노력하고, 굉장히 많은 시간을 함께 보냈어요. 그렇게 아이는 서서히 회복되어서 자신이 원하는 대학에 들어가 지금은 즐겁게 대학 생활을 하고 있어요.

● Y 우울이나 불안의 원인을 밝히는 일은 단순하지 않은 것 같아요. 갑자기 와서 갑자기 사라지는 경우도 많으니까요. 삶의 질을 떨어뜨릴 만큼 심각한 불안이나 우울증이 왔을 때 중요한 것은 치료이고 회복입니다. 방금 말씀하셨던 것처럼 과거를 파고들며 원인을 알려고 하는 것은 큰 도움이 되지 않아요. '지금 이 순간'에 일어나는 괴로움을 다뤄야 합니다. 우리는 불안하거나 우울할 때, 구체적으로 원인을 알아내려고 애쓰지만 저는 원인을 알지 못해도 해결할 수 있다고 생각합니다. 구체적으로 무엇 때문에 이렇게 부정적인 감정에 휩쓸리게 됐는지 몰라도 됩니다. 더 중요한 것을 그것을 해결해야 한다는 것입니다.

부정적인 감정은 자기를 알아가는 통로입니다. 무의식이 드러난 것이므로 우리가 그것을 잘 맞이한다면 해결될 수 있죠. 중요한 건 이겁니다. 부정적인 감정을 숨기지 마세요. 피하지 마세요. 밝혀주세요. 밝히면 정화가 됩니다.

● S 불교에서는 우울을 어떻게 바라보나요?

● Y 불교에서는 우울한 게 나쁜 게 아니라 정상이라

고 합니다. 우울한 것은 인생의 슬픈 본질을 알아차리는 거예요. 우울하면 생각이 총명하고 세속에 대한 관심이 없어져요. 자연스러운 출리심이 있어요. 우울한 사람들이 의미 있게 살아요. 역사상 위대한 인물들이 많이 우울했습니다. 우울한 사람은 민감한 사람이에요.

삶의 본질은 행복이 아니라 우울이에요. 윤회에서는 티끌 만큼의 행복이 없다고 말합니다. 우울한 것은 당연한 거고 없애는 게 아니에요. 함께 잘 살 수 있어요. 알고 보면 큰 도움이 되는 벗이에요. 우울증이 생겼으면 자신에게 친절한 만큼 우울하세요. 너무 우울하지 않으려고 하는 것도 너무 우울한 것도 안 좋아요. 적당히 우울해서 우울함과 화목하게 지내요. 우울에서 배울 게 많아요.

부정적인 감정은
자기를 알아가는 통로입니다.
무의식이 드러난 것이므로
우리가 그것을 잘 맞이한다면
해결될 수 있죠.
중요한 건 이겁니다.
부정적인 감정을 숨기지 마세요.
피하지 마세요.
밝혀주세요.
밝히면 정화가 됩니다.

친절은
가운데에 있습니다

중독 #자비심 #받아들임

🍃 S   스님께서 이 말씀 많이 하시잖아요. "자신에게 친절하세요. 자비심을 베푸세요." 여러 번 들어도 참 좋은 말 같아요. 그런데 삶으로 이어지기가 어렵더라고요. 예를 들어 저는 예쁜 거나 좋은 물건 사기를 정말 좋아해요. 그렇게 사다 보면 '내가 또 돈을 너무 많이 썼나.' 하고 죄책감이 들 때가 있어요. 그러면서 어느 순간 또 사고 있더라고요. 사고 싶고, 사고 후회하고, 자학하고 이런 패턴이 괴로울 때도 많아요. 예를 들어 옷이 그렇고, 귀걸이가 그래요. 액세서리 가판대만 보면 마치 자석에 끌린 것처럼 가서 구경하고 있는 거예요. 저도 모르게. 그리고 펜도 너무 좋아

해서 문구 매장 보면 그냥 지나치질 못하고 꼭 예쁜 색 펜을 두어 자루 사서 나와요. 그렇게 산 펜들이 온 집안을 굴러다니죠. 도무지 고쳐지지 않아요.

● Y　　저도 그런 악순환의 패턴을 많이 겪어봤죠. 저는 특히 영화나 넷플릭스 보는 걸 한순간에 끊기가 어렵더라고요. 어릴 적부터 영화를 굉장히 좋아하기도 했고요. 초등학교 5학년 때부터 주말이 되면 혼자 영화관을 찾아 영화를 여러 편 봤어요. 열여섯 살에는 영화관에 가서 아르바이트도 했죠. 그런 제가 스님이 되고 나서는 수행해야 하니 영화를 보는 것이 시간 낭비처럼 생각되는 거예요. 마약 중독자처럼 온종일 영화만 본 적도 있었던 제가 이 패턴을 끊으려고 일부러 영화를 멀리한 적도 있지만, 오래 가진 않더라고요.

우리 사회는 이런 중독의 패턴을 끊어야만 새로운 사람이 될 수 있다고 말해요. 좀 더 나은 삶, 나은 인간이 될 수 있다고 말하죠. 하지만 그런 패턴을 끊지 못하는 사람들에게 현대사회의 이런 명제는 오히려 마음의 족쇄가 됩니다.

먼저 중독으로 가는 자신의 마음 패턴을 친절하게 들여

다 보세요. 친절은 가운데에 있습니다. 불교에서는 '중용', '중도'라고 말합니다. 가운데를 지키는 것이 중요하죠. 즉 너무 하지도 않고, 너무 안 하지도 않는 겁니다. 그럼 악순환의 고리에서 천천히 빠져나올 수 있습니다.

넷플릭스와 같은 미디어물에 자유로운 사람이 얼마나 있을까요? 저에게도 좋아했던 영화를 한순간에 끊는 것은 굉장히 큰 싸움이었죠. 그러다 깨달았어요. 영화를 좋아하고 보는 일은 제 몸에 깊게 베여 있는 습관인데, 그것을 한순간에 끊는 것은 나 자신에게 불친절한 일이라는 것을요. 깨달은 후 넷플릭스나 유튜브, 또는 영화를 보는 일에 굉장히 자유로워졌어요. 너무 보지도 않고, 너무 안 보지도 않으려고 노력한 거죠.

◐ S　　자기 자신에게 친절해야 한다, 친절은 가운데에 있다, 이 말 되게 좋은 것 같아요. 생각해보면 우리 세대는 칭찬을 많이 듣지 못하고 자라서인지 자신에게 친절하게 대하는 방법을 잘 모르는 것 같습니다. 우리는 타인뿐만 아니라 자신에게도 혹독하게 살아온 셈이죠.

● Y　　맞습니다. 자신에게 친절하면 다 괜찮아요. 자신을 친절하게 대하는 방법 몇 가지를 알려드릴게요.

- 자비심: 자기 행복의 가장 중요한 조건은 자비심입니다. 타인과의 관계에 따라서 행복하고 불행합니다. 다른 사람에게 하는 것은 자신에게 하는 것입니다. 서로 연결이 되어 있기 때문에 자비심이 자신을 위한 가장 친절한 마음가짐입니다. 한순간도 선한 마음을 놓지 마세요.

- 받아들임: 수행은 자신을 바꾸는 게 아니라 있는 그대로 받아들이는 겁니다. 자신을 있는 그대로 사랑할 수 있으면, 자신과 화목하게 지낼 수 있으면, 깊은 평화가 있으며 자연스럽게 성장하게 됩니다. 성장해서 행복한 게 아니라 행복으로 성장합니다. 행복과 깨달음을 미루지 마세요. 여기 이 순간, 온전한 받아들임에 있어요.

- 용서: 다른 사람을 위한 것이 아니라 나 자신을 위한 것입니다.

- 자기 돌봄: 너무 게으르거나 무리하는 것은 자신에게 불친절한 겁니다. 좋은 식습관과 잠버릇과 정기적인 운동과 명상으로 자신의 몸과 마음을 잘 보살피는 것이 자신을 위한 배려와 친절입니다.

- 중도: 친절은 항상 가운데 있어요. 우리는 나쁜 버릇에 빠지거나 거부하는 극단적인 습관이 있어요. 너무 하지도 않고 너무 안 하는 것도 아닙니다. 휴대폰도 티비도 게으름도 먹는 것도 휴식도 적당히 하는 겁니다. 적당함이 중도이며 친절입니다. 자신과 잘 지내는 방법을 배우십시오. 스스로에게 매순간 도움이 되는 진정한 벗이 되어 주세요.

말씀해보세요. "나는 나 자신을 지금 있는 그대로 좋아해."

🍂 S   그런데 사람들은 이런 중독에서 벗어나려면 어떤 행동 중심적인 습관을 가져야 한다고 생각하는 것 같아요. 예를 들면 '미라클 모닝'이 한참 유행했잖아요. 새벽 4시에

일어나서 초인적인 에너지로 보통 2~3일이 걸릴 일을 다 해치우는 괴력을 발휘하는 사람들의 유튜브나 책이 엄청난 인기를 끌었죠.

저는 '미라클 모닝' 때문에 정신적으로 엄청 힘들었습니다. 전 원래 아침엔 기운을 못 쓰는 스타일이거든요. 아이 학교 보낼 때도 제때 깨우지 못해서 종종 지각을 하게 만들 정도였는데, 남들은 4시에 일어나서 조깅하고 책 읽고 공부하는 모습을 보면서 제가 정말 쓸모 없고 무능한 인간처럼 여겨져서 엄청난 자괴감이 들었습니다.

한번은 새해를 맞아 미라클 모닝을 시도한 적이 있었지만, 정말 딱 사흘 해보고 포기했어요. 4시에 일어나니 하루 종일 좀비가 되더군요. 그래서 모든 사람이 다 아침형 인간이 될 필요는 없다는 아주 희귀한 이론을 만날 때면 너무 기뻤습니다. 하하하.

● Y　　사람들은 항상 해결책으로 구체적인 행동을 제시하려고 해요. 정말 중요한 근본적인 문제는 바꾸려고 하지 않습니다. 그게 문제입니다. 행동을 바꿔도 근본은 안 바뀌어요. 하지만 근본을 바꾸면 행동은 저절로 바뀝니다.

변화는 근본에서 옵니다.

살을 빼려고 하는 것보다 몸을 배려하고 건강하게 살겠다고 다짐하는 게 이롭습니다. 돈을 모으려고 노력하기보다 지금에 만족하고 더 베풀며 돈과 건강한 관계를 가지겠다고 다짐하세요. 중독을 버리겠다고 다짐하는 것보다 무리하게 하지 않겠다고, 자신에게 친절하겠다고 다짐하는 게 이롭습니다. 나쁜 버릇을 버리겠다고 다짐하는 것보다 나쁜 버릇에서 깨어나겠다고 다짐하세요. 자신을 바꾸겠다고 다짐하는 것보다 자신과 사이좋게 살겠다고 다짐하는 게 이롭습니다. 작심삼일 하는 것보다 근본적인 다짐을 해보세요. 행동을 바꿔도 근본은 안 바뀌어요. 근본을 바꾸면 행동도 자신도 삶도 바뀝니다.

👄 S 스님은 '중도'와 함께 '알아차림'에 대해서도 평소 강조를 많이 하시잖아요. 그 알아차림에 대해 더 자세히 알고 싶습니다. 알아차림이 가장 중요하다고 하셨는데 정확히 알아차림이 무엇이고 왜 중요한가요?

👉 Y 알아차림은 다르게 생각하고 말하고 행하는 것입

니다. 습관적으로 행하지 않고 본성의 지혜로 행하는 겁니다. 욕심으로 행하지 않고 양심으로 행하는 겁니다. 매번 똑같이 반응하지 않고 현명하게 다루는 겁니다.

또한 알아차림은 여유입니다. 자신의 마음을 살필 수 있는, 상황을 객관적으로 볼 수 있는, 바르게 반응할 수 있는 여유입니다. 예를 들어 시부모님이랑 사이가 안 좋다고 해봅시다. 만날 때마다 얼굴을 찡그리고 퉁명스럽게 말하는 등 똑같이 반응할 수 있어요. 뒤에서 친구들에게 험담도 할 수 있어요. 반면 다르게 '알아차림'으로 행동할 수도 있습니다. '어머니가 아프시구나.', '어머니가 속상하시구나.' 이렇게 관찰하고 안쓰러워하면 이게 알아차림입니다.

알아차림이란 업식대로 생각과 말과 행동을 하지 않는 것입니다. 어떻게 보면 선택권이죠. 알아차림이 없으면 선택권도 없습니다. 무의식으로 생각과 말과 행동을 하게 됩니다.

대부분 사람은 알아차림이 전혀 없습니다. 로봇처럼 자동으로 생각과 말과 행동을 하지요. 업식에 매달리는 겁니다. 알아차림을 연습해보세요. 해온 대로 똑같이 행하지 말고 다르게 행하려고 노력해보십시오. 다르게 행하는 것이 수행입니다. 인생의 주인이 되는 유일한 길입니다.

내맡김이라는
가장 높은 기도

#불안 #자족 #업장소멸

🔹 **S**　　제가 작년에 50이 됐어요. 30, 40, 50 이렇게 나이 앞자리 수가 변할 때 특히 생각이 많아지더라고요. 안 그런 사람도 있겠지만 저는 굉장히 마음이 복잡했어요. 그때가 삶의 터닝포인트이자 돌파구가 되어야 한다는 압박감을 느끼고 있었나 봐요. 지난 10년을 돌아보고, 앞으로 다가올 10년을 계획해야 한다는 생각도 들고요. 하지만 몇 년 전에는 제 딸이 아파서 그런 생각을 할 겨를이 없었어요. 제 삶의 모든 것을 아이의 회복에 쏟아부었거든요.

　쉰 한살이 되고 아이가 대학에 합격하자 비로소 저에게 다시 시선을 돌리게 됐어요. 아이가 아프기 전에는 물질적으로 풍족하지 않아도 만족했어요. 싱글맘에 프리랜서이지만 일에서만큼은 인정받고 있고, 번역이나 글쓰기 의뢰가 끊이지 않았으니까요. 아이도 건강하고 저도 건강했기에 돈은 많지 않지만 계속 성실하게 일하면 그게 행복이지 않을까 싶었습니다. 하지만 아이가 아프면서 그동안 모아온 돈이 치료비로 모두 들어갔어요. 저축, 보험은 오래전에 다 찾아 썼고, 대출까지 받았어요. 또 아이가 재수하느라 학원비도 많이 들었고, 원하던 대학에 합격한 기쁨도 잠시 등록금 걱정을 해야 했어요. 제가 겁이 많아서 빚지는 걸 정말 싫어하는데 대출이 쌓여가니 마음이 참 복잡해지더라고요. 프리랜서라 대출받기도 너무 힘들었고요. 그런데 코로나 시기에 주위의 지인과 후배들이 코인 부자, 주식 부자가 되는 걸 지켜보면서 마음이 괴로웠어요. 아이도 잘 회복했고 원하던 대학에도 합격했는데, 제 인생은 역주행을 하는 느낌이랄까, 그것도 무시무시한 속도로요.

　내 인생은 이제 내리막길뿐인가 싶어서 괴로웠는데 그 힘든 마음을 이겨보고 싶어서 명상도 하고, 스님들의 말씀도 찾아보면서 저만의 기준을 세워야겠다고 생각했어요. 남들이 말하는 행복의 기준이 아닌, 제가 생각하는 행복의 기준을요. 세상 사람들이 보기에 저는 안쓰러운 사람일 수도 있어요. 남들이 보기에는 엄청 힘들게 일하지만 그에 비해서 돈을 많이 벌지는 못하죠. 집도 없고요.

하지만 제가 행복의 기준을 다시 정하면 되는 거 아닌가요? 어쨌든 우리 식구 다 건강하고, 아이도 잘 커서 원하는 대학에 합격했고, 돈은 살다 보면 또 벌 수 있고, 내 명의의 집이 없을 뿐이지, 살 집은 있고요. 그렇게 제 마음을 다독이면서 안정을 찾았어요.

● Y　　생계가 어려울 정도로 돈이 없다면 행복하기 어렵겠지요. 하지만 돈이 너무 많지도, 너무 없지도 않은 삶은 그 누구보다 행복할 수 있습니다. 돈은 있다가도 없어요. 없다가도 생기죠. 건강도 좋을 때가 있고 나쁠 때가 있어요. 이 모든 것이 삶의 본질입니다.

선생님께서 지금은 조금 돈이 부족하다 느끼실지라도 아이가 아프기 전에는 괜찮으셨잖아요? 지금 하고 계신 번역과 집필도 많으시니 곧 또 돈이 생길 겁니다. 그러니까 지금 이 순간의 통장 잔고가 행복의 기준은 아니라는 겁니다.

행복의 기준은 평정심입니다. 돈이 없다면 조급해하거나 불안해하지 말고 그냥 오늘의 삶을 살아보세요. 제가 약속드리겠습니다. 그렇게 살다 보면 돈이 다시 옵니다.

빚을 지는 게 싫다는 선생님의 이야기를 들어보니 참 알뜰하세요. 아주 부자는 아니더라도 지금보다 더 평안하게 살 때가 돌아올 겁니다. 일이 잘 풀릴 때가 있고, 잘 안 풀릴 때도 있죠. 그런 상황은 우리 힘으로 어쩔 수가 없습니다.

돈이 있거나 없거나 중요한 것은 우리 마음입니다. 우리가 어떤 마음을 가지느냐에 따라 삶은 다른 모습을 합니다. 지금 조금 돈이 없더라도, 건강이 안 좋더라도, 일이 잘 풀리지 않더라도, 그냥 오늘을 잘 살고 내일을 잘 맞이해보세요. 그러면 다시 좋아집니다. 제가 약속할 수 있어요. 만약 선생님의 형편이 좋아지지 않는다면 제가 돈을 좀 드릴게요. (웃음)

🎤 S　스님 말씀을 듣다 보니 우리가 행복해지려면 중용과 평정심, 이 두 가지가 정말 중요하다는 생각이 들어요.

여행 갔을 때 일이 떠오르네요. 친구와 강릉으로 여행을 갔거든요. 그런데 호텔 방에 가방을 내려놓는 순간 어머니와 같이 살고 있는 동생에게 전화가 온 거예요. 어머니가 의자에 올라가서 장롱에 있는 물건을 내리다 넘어지셔서 팔목과 고관절이 부러졌다고요. 그래서 어머니를 모시고 응급실에 와 있는데, 지금 올 수 있냐는 거였죠. 동생은 제가 집에 있는 줄 알았던 거예요. 그래서 지금 강릉에 왔다고 말하고, 당장 서울로 올라갈 수 없으니 다음 날 가겠다고 했죠.

그러면서 살아가는 데 계획을 세우는 일이 참 의미없다는 생각이 문득 들었어요. 저는 완벽주의자까진 아니지만 하루 일과를 어느 정도 계획하고, 특히 가깝든 멀든 여행을 갈 때는 굉장히 세세한 부분까지 계획을 세워서 떠나거든요. 그런데 막상 사고가 일어나니 그런 게 참 의미가 없다는 생각이 들었어요. 아무리 꼼꼼하게 계획하고 그대로 실현하려고 노력해도 미래를 통제할 수는 없으니까요. '우주에 내 운명을 맡겨라.' 이런 말이 전에는 무책임하다고 생각했는데, 나이가 들고 이런저런 고난을 겪으면서 이 말에 의지하고 싶어졌어요.

● Y　　맞습니다. 선생님도 지금까지의 경험으로 잘 아시겠지만, 삶이 우리의 계획대로 잘 이루어지지 않잖아요? 계획에 집착하다 보면 일이 계획과 어긋날 때 무척 고통스럽죠. 물론 어느 정도 삶의 목표나 계획은 필요합니다. 하지만 계획 자체에 집착하지 않도록 해야 합니다. 우리 마음처럼 계획이 이뤄지지 않아도 받아들이는 힘이 있어야 한다는 의미입니다. 반대로 우리 마음처럼 이뤄진다면 원하는 것을 가졌기에 기분이 좋습니다. 하지만 그 기쁨은 일시적입니다. 우리가 원하는 것을 가져서 반드시 좋은 일만 생기는 것은 아니라는 의미입니다. 인생의 가치는 경험이고 성장이기 때문입니다. 삶에 내맡겨야 합니다.

　가장 높은 기도는 내맡김입니다. 우리보다 우주가 더 잘 알아요. 우리에게 뭐가 좋은지 자신은 잘 모를 수 있어요. 믿고 내맡기면, 나의 뜻이 아니라 하늘의 뜻을 허락하면 삶이 좋은 방향으로 밀어줍니다. 삶은 항상 우리 편입니다. 마음을 비울 수 있다면 바라는 것과 걱정하는 것을 버릴 수 있다면 도움이 되는 방향으로 저절로 가게 됩니다.

　관세음보살을 믿어보세요. 우주를 믿어보세요. 본성을 믿어보세요. 아니면 그냥 믿어보세요. 믿고 내맡김! 가장 높고 가장 도움이 되는 기도입니다.

또 비켜주세요. 삶이 스스로 진행되게 비켜주세요. 축복이 흘러나오게 비켜주세요. 평화가 저절로 일어나게 비켜주세요. 우리가 해야 할 일은 비켜주는 게 전부입니다. 아집이 모든 것을 망쳐요. 잘못하면 삶까지 망쳐요. 아집을 비켜주면 다 괜찮아요. 비켜주면 저절로 하고, 애씀없이 살고, 자연스럽게 치유되고 성장합니다. 매순간 내맡기는 것, 그것이 깨달음으로 가는 지름길입니다.

우리가 비켜주면 삶은 언제나 우리를 좋은 방향으로 밀어줍니다. 우주는 우리 편이니까요. 에고를 버려보세요. 자신이 간절히 바라거나 걱정하는 것을 버릴 수 있다면 자연스럽게 우리 삶은 좋은 방향으로 가면서 필요한 것이 주어집니다. 기억해야 할 것은 항상 그것이 우리가 원하는 것과 같지 않을 수도 있다는 점입니다.

우리에게 좋은 것 우리에게 필요한 것은 항상 주어집니다. 그래서 불교에서는 복이 아닌 게 없다고 말합니다. 옛날에 부처님의 주치의 지바카라는 분이 계셨습니다. 그분이 이런 말을 했어요. "세상에 풀을 찾아보니까 약이 아닌 풀이 없다." 복이 아닌 것이 없다는 의미이기도 합니다. 우리가 마음을 열 수 있다면 그 무엇도 복이 될 수 있습니다.

● S　　아이가 아팠을 때가 다시 생각납니다. 말씀드렸듯이 그 모든 게 제 탓인 것 같아서 고통스러웠거든요. 내가 왜 이렇게 고통스러운지 그 마음을 들여다보고 싶어서 상담도 받고 명상도 했어요. 시간이 조금 지난 뒤 깨달았죠. 그 고통 뒤에 '내 아이는 행복하게 커야 한다.', '고통 없이 커야 한다.'는 제 집착이 있었다는 걸요. 그렇게 제가 그려놓은 궤도에서 아이가 갑자기 벗어나니 고통스러웠던 거예요. 그 사실을 깨달은 후로 집착을 버리려고 노력했습니다. 내 딸이니 이렇게 커야 해, 저렇게 됐으면 좋겠어, 하는 집착을 버리려고 했지요. 그리고 스님 말씀처럼 그 어떤 고통에서도 배울 점이 있다고 생각했습니다. 그러니까 아주 천천히 마음이 편해지더라고요. 다시 고난이 닥쳤을 때도 전보다 담담하게 받아들일 수 있었고요.

　결국 가장 중요한 것은 스님 말씀처럼 어떤 문제가 생겼을 때 그것을 받아들이는 태도인 것 같아요. 우리는 이렇게 생각하잖아요. 나에게는 이런 아픔이나 고통스런 일이 절대 생겨서는 안 돼, 나는 이렇게 살아선 안 되는 사람이잖아, 하지만 그렇게 생각하면 고통이 왔을 때 정말 참을 수 없는 고통이 되는 거죠.

● Y   누구도 고통을 원하지 않죠. 하지만 고통이 왔을 때 그걸 받아들이는 태도만 바꾸어도 그다지 고통스럽지 않을 수 있습니다. 죽고 싶을 만큼 힘든 상황을 좀 더 나은 상황으로 한순간에 바꿀 수 있는 것이 태도입니다. 우리를 힘들게 하는 것은 고통이 아닌, 고통을 견디지 못하는 태도입니다. 우리 삶에서 고통은 피할 수 없습니다. 원치 않은 상황을 겪을 수밖에 없는 것이 삶이니까요. 피할 수 없는 거라면 좀 더 준비된 마음으로 지혜롭게 다룰 수 있습니다. 어차피 원치 않은 상황은 오니까요. 어차피 욕먹을 거니까요. 어차피 병이 들 거니까요. 어차피 늙을 거니까요.

  고통을 받아들이는 태도에 대해 구체적으로 몇 가지 알려드릴게요. 첫째, 고통으로 스토리를 만들지 마십시오. 고통은 구체화할수록 힘들어집니다. 둘째, 평소처럼 생활하면 모든 어려움은 지나갑니다. 피곤함도 풀리고 분노나 슬픔도 풀립니다. 셋째, 어떤 경우에도 희망을 잃지 않는 것입니다. 용기는 체념하지 않는 마음입니다. 포기하지 않는 마음입니다. 숭산Seung Sahn 큰스님이 이렇게 말씀하셨습니다. "트라이, 트라이, 트라이!" 힘이 30퍼센트밖에 남지 않았다면 30퍼센트는 할 수 있다는 말 아닐까요? 감당하지 못할 고통은 오지 않습니다. 우리 내면에는 그런 힘이 분명 존재하니까요. 지금 복이라고 생각되는 것도 시간이 지난 뒤 비극이 될 수 있습니다. 지금 너무 힘든 고난과 고통은 분명 시간이 지난 뒤 복이 될 수 있습니다. 잊지 마십시오. 모든 것은 변합니다.

● S　　그래도 고통스러운 것은 피하고 싶어요. '그래, 지금 이 고통을 견디면 언젠가는 좋은 날이 오겠지. 언젠가는 이게 복이 되겠지.' 하지만 현실로 받아들이는 고통은 정말 피부가 찢어지는 것만큼 힘들고 아프거든요. 심적 고통도 그렇고, 몸에 병이 들거나 다쳐서 생기는 고통도 그렇고요. 모욕이나 경멸을 경험했을 때 느끼는 고통도 그렇고요. 내가 실수하거나 오판했다는 것을 알았을 때 느끼는 자책이나 후회도 정말 고통스럽고요.

　저는 아직 수행이 덜 되어서 그런지, 감당할 수 없는 고통도 있는 것 같아요. 예를 들어 아는 분이 식도암으로 돌아가셨는데, 식도암은 정말 물을 삼킬 수 없을 정도로 고통스러운 아픔이잖아요. 만약 제가 그 암을 겪게 된다면 감당할 수 있을까요? 잘 받아들일 수 있을까요? 저희 어머니도 몇 년 전에 고관절 수술을 받으셨는데 그것도 정말 뼈가 끊어지는 아픔이었다고 하시더라고요. 심적 고통도 괴롭지만, 육체적인 고통이 왔을 때 그 고통을 잘 받아들일 수 있을지 그런 두려움도 있어요. 물론 일할 수 없는 노년에 가난해지는 것도 두렵고요. 스님은 두려운 게 없으신가요?

● Y　　물론 육체적인 고통은 두렵습니다. 저도 몸이 많이 아팠던 적이 있는데 명상이고 뭐고 아무것도 생각이 안 날 정도로 고통스럽더라고요. 아프지 않기만 바랄 뿐이었죠. 하지만 그런 고통이 다음에 더 큰 고통이 왔을 때 이겨내는 힘을 준다고 믿습니다. 우리가 사는 이 삶이 좀 더 보람 있고 없고의 차이는 이런 고통을 어떻게 받아들이느냐, 어떻게 회복하느냐에 달려 있습니다. 넘어졌을 때 얼마나 잘 일어나느냐에 달린 겁니다.

실패는 문제가 아닙니다. 중요한 것은 다시 일어나는 힘입니다. 이 경험들은 그 어떤 성공보다 우리 삶을 훨씬 값

지게 만들어줍니다.

몇 년 전 양양으로 명상 여행을 가서 이문열 작가님의 집필실을 방문한 적이 있습니다. 많은 분이 아시겠지만, 그분은 아버지의 월북으로 매우 불안한 성장기를 지나왔죠. 빨갱이 가족이라는 이유로 경찰로부터 사찰을 당하고, 이웃에게 멸시를 당하며 전국 곳곳을 떠돌면서 살았다고 합니다. 아버지에 대한 분노와 아픔을 문학으로 풀어낸 것이죠. 그것도 일종의 명상이라고 생각합니다. 업장소멸이라고 하죠? 소설을 쓰면서 업을 소멸한 겁니다. 자신의 무의식에 있는 상처와 고통을 밖으로 드러낸 거죠. 무의식이 없으면 그게 해탈입니다. 그게 부처님입니다. 제가 생각하기에 이문열 소설가는 자신의 업을 글로 풀어내면서 업을 없애고 성공한 겁니다.

소리꾼 장사익 선생님과의 일화도 이야기하고 싶네요. 제가 그분을 정말 좋아해서 절로 초청한 적이 있습니다. 선생님께 '찔레꽃'이란 노래를 정말 좋아한다고 말씀드리니, 그 노래를 쓰게 된 계기를 얘기해주시더라고요. 선생님은 젊은 시절 꽤 오랫동안 고달픈 삶을 살았다고 합니다. 딸기 장수, 보험 회사 직원, 외판원, 경리과장, 카센터

등 소리꾼으로 살기 전 무려 열다섯 가지 직업을 가질 만큼 어렵게 살았다고 합니다. 해고도 당하고, 회사가 망하기도 하며 고달픈 삶을 산 거죠. 그러다 햇살이 유난히 밝던 5월 어느 날 집 앞 화단에 흐드러진 장미를 바라보고 있는데, 향기를 더 맡고 싶어 코를 가까이 댔대요. 하지만 장미에서는 아무 냄새도 나지 않았다는 거예요. 알고 보니 향기는 장미 뒤에 숨은 찔레꽃에서 흘러나왔죠. 그때 장사익 선생님은 이런 생각을 했다고 합니다. "이게 내 모습이구나. 화려한 장미에 가려진 볼품없는 외양이라니⋯⋯." 선생님은 지난 세월을 떠올리며 그 자리에 주저앉아 하염없이 울었다고 합니다. 그리고 집에 돌아와 쓴 것이 '찔레꽃'이었죠. 저는 장사익 선생님이 찔레꽃 향기를 맡은 순간 눈물이 터져나오면서 어떤 깨달음을 얻은 그 경험이 업장소멸이라고 생각합니다. 고통스러웠던 경험들이 정화되면서 소리꾼으로 성공할 수 있었던 거죠.

모든 사람에게는 자신이 가야 할 길이 있습니다. 그런데 그 길을 가는 사람은 사실 별로 없습니다. 해결되지 않은 자신의 업에 매달려 있기 때문입니다. 그것을 풀면 갈 길을 갈 수 있습니다.

● S　　그렇다면 일반인들은 어떻게 자신의 업을 풀어야
하나요?

● Y　　자기도 모르게 어떤 큰일이 생겨서 삶이 뒤집어질
때 풀리는 경우가 많습니다. 예를 들어 해고당했을 때, 배
우자가 죽거나 이혼을 경험했을 때와 같은 인생의 큰 고비
에서 업이 풀어질 수 있습니다.

● S　　제가 불교에 대해서는 잘 모르지만, 느닷없이 큰
일을 당했을 때 업이 풀린다는 말이 무슨 뜻인지 알 것 같
아요. 원래 그런 큰일이란 느닷없이 닥치잖아요. 갑자기 암
에 걸렸다든지, 가까운 누군가가 죽었다든지요. 그런 일들
은 우리의 인생을 통째로 바꿀 정도로 큰일이죠.
　제 주변을 보니 그런 일을 겪고 나서 인생이 더 나은 방
향으로 가는 이들도 많더라고요. 암에 걸리고 난 후 식습
관을 건강하게 바꾸고 규칙적으로 운동해서 발병 전보다
더 건강해졌다든지, 죽기 전에 의미 있는 일을 해보고 싶
다는 식으로 인생의 가치관이나 철학을 더 좋은 쪽으로 바
꿨다든지 그런 예들이요.

굉장히 아이러니한 일이지만, 우리는 그런 식으로 자기에게 있는 줄도 몰랐던 내면의 힘을 키우면서 성장하고, 주위를 보살피면서 전에 없던 인간미가 생기는 것 같아요. 바꿔 말하면 그 정도의 비극이 우리를 강타하지 않으면, 우리는 좀처럼 관성을 벗어나지 못한 채 살던 대로 살아가는 존재란 뜻도 되겠죠.

● Y   제 이야기를 바로 이해하셨네요. 우리가 바라는 행운은 오히려 우리 자신을 오만하게 만들 수 있습니다. 혹은 일상을 무기력하게, 타인에게 무관심하게, 일이 까다로워지게 만들 수도 있지요. 그렇다고 나쁜 일이 우리에게 꼭 좋게만 작용하는 건 아닙니다. 그 비극을 받아들이지 못하고 여전히 외면하면 비극은 비극일 뿐입니다. 하지만 우리가 그것에 직면해 자기 집착을 내려놓으면 우리에게 좋게 작용할 수 있어요.

지금까지 이야기했듯이, 우리는 우리 삶을 자꾸만 통제하려 합니다. 하지만 알잖아요? 우리 삶을 우리가 절대 통제할 수 없다는 걸요. 내려놓을 수밖에 없는 때가 결국 옵니다. 바로 그때 우리의 업이 풀리는 겁니다.

덧붙여, 일상에서 업을 푸는 수행을 할 수도 있습니다. 명상이나 글쓰기가 방법이 될 수 있어요. 꿈도 업을 풀 수 있는 길입니다. 꿈을 기록하는 것도 방법이죠. 꿈을 기록하면서 저절로 알아지는 것이 있습니다.

우리가 비켜주면 삶은 언제나
우리를 좋은 방향으로 밀어줍니다.
우주는 우리 편이니까요.
에고를 버려보세요.
자신이 간절히 바라거나 걱정하는 것을
버릴 수 있다면 자연스럽게
우리의 삶은 좋은 방향으로 가게 되면서
필요한 것이 주어집니다.

3장

잘 살려면
먼저 죽음을
배우세요

모든 두려움은
죽음에서 시작됩니다

#죽음명상 #두려움 #통찰

🌢 S　　스님께서는 잘 살기 위해서 죽음을 알아야 한다고 하셨습니다. 그래서 저희 책의 주제가 있는 그대로의 나를 받아들이고 행복하게 잘 사는 법인데, 마지막 챕터로 죽음을 다루면 어떨까 했습니다. 스님은 여러 죽음명상을 꾸준히 하시는 걸로 알고 있습니다. 죽음명상이란 한 문장으로 말하면 무엇인가요? 전 명상 초보자이지만, 명상에 관심이 있어서 이것저것 기웃거리며 귀동냥으로 들어본 바가 있는데, 죽음명상은 처음 들어보는 말이라 신기하기도 하고 궁금합니다. 뭔가 심오한 뜻이 있는 이름이라고

짐작됩니다만.

● Y   구체적으로 죽음명상은 우리가 죽을 운명이라는 걸 아는 겁니다. 죽을 운명임을 받아들이는 거죠. 우리는 우리가 죽는 운명인 것을 몰라요. 우리가 우리의 자아에 집착하기 때문입니다. 이 생도 결국 지나간다는 걸 모르고 습관적으로 생에 집착합니다. 머리로는 압니다. 주변 사람들이 죽으니까요. 하지만 실감이 없습니다. 애석하게도 저도 실감이 별로 없어요. 호스피스에 있는 사람들은 어떨까요? 그들은 죽음을 실감할까요? 그럴 수도 있고, 아닐 수도 있지만 대부분 없지 않을까 싶어요. 참 희한하지 않나요? 죽음은 삶의 자연스러운 과정이고 일부인데, 그리고 우리 주변에 이렇게 죽음이 넘쳐나는데도 사람들은 대부분 죽음이 없다는 듯 살고 있잖아요. 그래서 부처님은 우리가 죽음을 잘 알아차리면, 이 삶의 무상함을 잘 알 수 있다면, 주어진 삶을 잘 살 수 있다고 말씀하셨어요. 무엇보다 삶에서 죽음을 알아차리는 것, 죽음명상이 중요하다고 말씀하셨죠.

더 잘 살기 위해서는 죽어도 되는 마음을 가져야 합니

다. 오해할 수 있는 말이지만, 죽음을 받아들여야 한다는 말입니다. 저는 비행기를 탈 때 난기류로 흔들리면 죽음에 대한 두려움이 올라와요. 에고가 작동하는 거죠. 에고는 형태에 집착해요. 자기가 없어지는 것을 두려워해요. 하지만 우리는 우리의 두려움을 바로 볼 줄 알아야 합니다. 모든 두려움은 자기 자신에게 집착하는 것에서 생기죠. 이런 두려움을 버려야 해요. 더 잘 살기 위해 죽음에 대한 명상을 이 책에서 연습했으면 좋겠습니다.

● S　　사실 얼마 전에 스님께서도 아끼던 반려견 아띠가 죽는 슬픔을 경험하셨잖아요. 아띠를 얼마나 아끼고 예뻐하셨는지 너무도 잘 아는 저로서, 어떤 위로의 말을 전해드려야 할지 모르겠더라고요. 또 저도 반려견을 한 마리 키우고 있으니까, 스님이 어떤 마음이실지 조금은 짐작되더라고요. 말이 반려견이지 사실 나의 가족이자 나의 수족과 같은 존재잖아요. 그런데 그런 소중한 존재가 병을 앓다가 죽은 것도 아니고 갑작스러운 일을 당해 죽었으니 얼마나 황망하실지. 아마도 갑자기 팔다리가 끊어져나간 아픔이었을 것 같습니다.

🍃 Y　　아띠의 죽음은 전혀 예상하지 못했어요. 하지만 죽음이란 게 그런 것 아니겠어요. 예측할 수 없죠. 아띠가 죽고 며칠 동안이 가장 마음이 어려웠습니다. 차 안에서 소리도 지르고, 하루 종일 눈물이 나왔죠. 말 그대로 미칠 것만 같은 기분이었어요.

불교에 따르면 아띠의 죽음은 일어날 수밖에 없는 일이었지만, 그 슬픔의 한가운데에 있을 땐 그것도 받아들이기 힘들더군요.

오래전 이와 비슷한 다양한 감정을 느껴본 적이 있죠. 아버지가 자살하셨을 때도 감정의 스펙트럼을 경험했어요. 이번에도 분노, 답답함, 슬픔, 허전함, 두려움, 무감각, 억울함, 한탄, 죄의식, 수치심 등의 감정을 경험했어요. 지금은 한탄과 허전함이 가장 크고 가장 아픈 마음은 죄의식 같습니다. 내가 죽였나 하는 생각도 일어나요. 너무 일찍 죽어서 너무 아쉽고 억울했습니다.

🍃 S　　저도 잘 이해가 됩니다. 또 페이스북에 이런 글을 쓰셨죠. 한편으로는 아띠가 죽어서 더 자유롭겠다는 생각이 들 때는 부끄럽고 자책도 하셨다고요. 저도 반려견 때

문에 하루 외박하는 것조차 거의 불가능한 상황이라 스님이 왜 그런 마음을 느끼셨는지 잘 알고 공감했습니다. 그런데 그런 크나큰 슬픔의 한가운데서 마음의 평정을 지키기 위해 스님은 어떤 노력을 하셨는지 궁금해요. 죽음은 좀처럼 우리가 경험하기 힘든 크나큰 비극이지만, 그런 엄청난 일을 당하고도 우리는 계속 살아가야 하잖아요. 그럴 때 우리는 어떻게 해야 할까요?

● Y　　평소처럼 행하는 것이 중요한 것 같습니다. 아띠가 금요일에 죽었는데, 월요일에 명상대학이 있었어요. 몸이 움직이지 않았습니다. 마음은 여전히 슬펐고, 그 무엇도 하기 싫은 무기력에 휩싸여 있었어요. 저희 스태프들은 줌으로 해도 된다고, 아니면 하루는 쉬셔도 된다고 했지만, 그러지 않았습니다. 왜냐하면 저는 알고 있었거든요. 명상대학에 가는 게 저에게 더 좋게 작용할 거라는 걸요. 목욕을 하고 차에 몸을 넣었죠. 가니까 괜찮아지더라고요. 사람들과 아띠 이야기를 나누면서 마음이 총명해졌어요. 법문도 잘 읽었습니다. 아띠의 죽음이 제게 총명함을 전해준 것이죠.

또 저는 생각을 안 믿는 연습을 해왔기 때문에 이번에도 긴 스토리를 만들지 않았습니다. 생각을 이어가지 않고, 감정을 허용했어요. 그랬더니 생각이 더 잘 보였어요. 생각이 보이면 생각이 분리되는 걸 잘 아니까요. 좀 쉽게 말하자면, 제가 하는 생각을 객관적으로 바라보는 수행이 도움을 주었던 것이죠. 수행의 핵심은 생각을 안 믿는 겁니다. 생각과 떨어져 볼 수 있다는 거죠.

🔹 S　　네, 스님이 말씀하신 것처럼 사실 모든 죽음은 갑작스러운 것 같습니다. 아무리 오랫동안 병을 앓으며 고생하고 있다고 해도, 죽는 날을 정확히 아는 건 불가능하니까요. 그래서 오히려 매일 살아 있음에 감사하게 되는 마음도 있는 것 같아요. 매일 밤 눈을 감을 때 과연 내일도 눈을 뜨게 될지, 아침에 일어나 눈을 떴을 때 그날 하루도 무사히 보내게 될지 우리는 모르잖아요.

그래서 전 요즘 새로운 습관이 생겼어요. 하루 중 생각날 때마다 우주를 향해 마음속으로 속삭여요. 살아 있게 해주셔서, 건강하게 지내게 해주셔서, 아무런 나쁜 일도 일어나지 않고 평화롭게 하루가 흘러가게 해주셔서 감사합니다. 그렇게 감사하는 습관이 차곡차곡 쌓이면 고마운 일상이 지속되지 않을까, 생각해요.

죽음을 받아들이는 것이 얼마나 힘든 일인지, 얼마 전 《어떤 죽음이 삶에게 말했다》라는 책에 나온 한 에피소드를 보면서 생각했어요. 한국에 죽기 전 환자들의 마지막 소원을 이뤄주는 호스피스 병원이 있다는 것 아시나요? 그 병원에서 있었던 일이에요. 한 환자가 죽기 전에 가족과 연락을 안 하는 거예요. 그래서 의사가 물었죠. 형제들과 만나서 작별 인사라도 하는 게 좋지 않겠냐고요. 이 환자분에게는 동생이 한 명 있었는데 사이가 정말 안 좋았어요. 평생 힘들게 일해서 2억을 모았는데 동생이 사업을 하겠다고 빌려달라고 해서 줬더니, 실패해서 2억을 한 푼도 못 돌려받게 된 거죠. 그게 한이 되어 싸우고 헤어졌다고 해요. 결국 동생을 20년 동안 한 번도 안 봤대요.

그래서 의사가 설득했어요. 어쨌든 돌아가실 때가 됐으니까 연락해서 만나면 좋겠다고요. 환자도 결국 수락했고, 병원 측에서 정말 힘들게 동생을 찾았다고 합니다. 동생도 형에게 받은 상처가 많았던지 처음엔 오지 않겠다고 했는데 내일 죽어도 이상하지 않을 정도로 상태가 안 좋으니까 꼭 와달라는 병원 측의 말에 형에게 작별 인사를 하러 왔대요. 병원 측은 형과 동생의 감동적인 재회를 기대했는데, 동생이 병실로 들어오는 순간 침대에 누워 있던 형이 벌떡 일어나 뭐라고 했는 줄 아세요?

"내 돈 2억 내놔."

죽기 직전인 형의 수척한 모습을 본 동생은 충격을 받았는데, 그 말을 듣고 2차로 충격을 받아 그대로 병원을 나가버리고 말았죠. 결국 형제는 그렇게 헤어졌고, 나중에 동생이 장례비는 다 댔다고 하는데, 그 이야기를 들으면서 너무 마음이 아프고 씁쓸하더라고요.

● Y　죽음 직전에서도 죽음을 못 받아들인 거죠. 설사 2억을 다시 되돌려받는다 하더라도 그 환자가 무엇을 할 수 있었을까요? 죽음을 정말 받아들였다면 절대 동생에게 그렇게 행동하지 않았겠죠. 인생에서 큰 고난을 만나거나 상처를 받았을 때 두 가지 경우가 있는 것 같아요. 시간이 지나면서 그 상처를 잊어버리는 사람이 있고, 시간이 아무리 지나도 절대 안 잊어버리는 사람이 있고요.

그 환자가 동생에게 2억을 주지 않았더라도 암은 피할

수 없었을 테고, 죽어가는 시점에선 2억이 있든 없든 인생이 그렇게 달라질 수 없는데, 그분은 자기 삶이 그렇게 된 건 동생이 가져간 2억 때문이라고 생각했던 거죠.

그 환자뿐만 아니라, 우리 모두 죽음을 받아들이기가 정말 어려운 것 같습니다. 자신이 언젠가는 죽을 거라는 걸 실감하기 어렵기 때문이죠. 하지만 어떤 이들은 자신의 죽음을 좀 더 선명하게 실감하기도 합니다.

◖ S　무슨 말씀이신지 알 것 같아요. 제가 얼마 전에 비문증을 겪었어요. 깜짝 놀라 병원에 가서 검사해보니 망막 파열이라는 진단이 나와 레이저 치료를 받았어요. 그때 정말 괴로웠어요. 사실 이 증상이 조금만 더 심했으면 망막 박리가 돼서 실명했을 수도 있거든요. 지금도 말하면서 눈 앞에 까만 점이 둥둥 떠다니는 게 보여요.

그런데 한편으로는 정말 다행이라는 생각도 했어요. 이렇게 눈이 심각하게 나빠지기 전에 소설을 쓰기 시작한 게 너무 잘한 결정이었다는 생각이 들더라고요. 눈이 더 망가지기 전에, 죽기 전에 내가 가장 하고 싶었던 것, 평생 마음에 품어왔던 일을 시도하길 잘했단 생각이 들었어요. 죽음을 받아들이는 게 그래서 중요한 것 같아요. 내 인생이 얼마 안 남았으면 가장 소중한 걸 하게 되잖아요. 그래서 죽음을 받아들이는 연습을 평소에 좀 해보는 게 좋다고 생각했어요. 스님은 곧 죽는다는 진단을 받으면 어떠실 것 같아요? 당신은 일주일 후에 사망합니다, 이런 말을 들으면요.

● Y　　일주일 있으면 죽는다! 미안합니다. 저도 죽음을 실감하지 못해서 무어라 말을 못하겠네요. 우리의 문제가 이것입니다. 죽음을 실감하지 못한다는 겁니다. 죽음을 실감하면 시간의 한계를 알게 되잖아요? 작가님이 비문증을 겪으면서 삶의 가장 소중한 걸 떠올렸듯이 말이에요. 실제로 죽음을 실감하게 되는 일을 겪은 사람들이 있어요. 임사체험이라고 하죠? 죽을병에 걸렸다 살아난 사람들이 그렇죠. 하지만 대부분의 사람들은 '죽음'을 떠올리는 것 자체를 괴로워하죠. 내가 실존하지 않는 것을 생각하는 건 두렵고 무서운 일이니까요. 하지만 죽음을 받아들이지 못하면 우리 내면에 평화가 생길 수 없습니다. 인간이 가진 두려움은 결국 죽음에 대한 두려움에서 비롯된 것이기 때문입니다.

죽음은 삶의 자연스러운 과정이고 일부인데,
그리고 우리 주변에
이렇게 죽음이 넘쳐나는데도
사람들은 대부분 죽음이 없다는 듯
살고 있잖아요.

그래서 부처님은
우리가 죽음을 잘 알아차리면,
이 삶의 무상함을 잘 알 수 있다면,
주어진 삶을 잘 살 수 있다고 말씀하셨어요.

**무엇보다 삶에서 죽음을 알아차리는 것,
죽음명상이 중요하다고 말씀하셨죠.**

젊은 때일수록 죽음을
알아야 하는 이유

#죽을운명 #노화 #받아들임 #통찰

🍃 S   저는 이해가 안 가요. 모든 두려움은 결국 죽음에
대한 두려움이라고 하신 말씀이요. 사실 제가 평소 두려워
하고 근심하는 문제들은 따지고 보면 더 잘 살고 싶고, 생
에서 더 많은 걸 누리며 경험하고 싶은데 그걸 하지 못할
것 같아서 생기는 거거든요. 이렇게 말하고 보니 그것도
역시 죽음과 연결된 걸까요?

🍃 Y   우리는 모두 죽음이 무엇인지 모르고, 죽으면 끝
인 줄 알고 죽음을 두려워합니다. 그 때문에 모든 두려움
은 죽음을 두려워하는 마음에서 비롯된다고 말하는 겁니

다. 집착이 많은 사람일수록 죽음을 두려워합니다.

죽으면 자기 자신이라고 생각했던 많은 것들이 없어집니다. 몸은 죽고 이름도 없어지지요. 정체성도 사라집니다. 하지만 사는 동안 우리는 그것들에 집착합니다. 자기에게 집착하는 마음에서 두려움이 생겨요. 자기 돈이 자기인 줄 알고, 자기 명예가 자기인 줄 알고, 자기 몸이 자기인 줄 알고, 자기 이름이 자기인 줄 알고, 자신의 존재함을 격렬하게 보호합니다. 존재함을 위협하는 것이 생기면 목숨을 위협받은 것처럼 자신을 방어합니다. 과거의 아픈 경험으로 자기 존재함을 보호하고 집착합니다. 빈곤과 불명예, 병과 죽음을 두려워합니다.

우리가 알아야 할 것은 두려움을 경험하더라도 괜찮을 거라는 겁니다. 두려움이 있는 곳에서 통찰과 자유를 찾을 수 있어요.

죽을 운명이라는 것을 받아들이면 그 두려움은 사라집니다. 그리고 더 좋은 혜택들이 옵니다. 유한한 시간이 소중해지고 이 생에 대한 집착이 없어지죠. 그 집착을 놓을 수 있다면, 죽음을 받아들일 수 있게 됩니다. 두려움도 당연히 사라지죠. 좀 더 젊을 때 이 죽음을 받아들이는 것이 중요한 이유입니다. 내게 주어진 하루가 더 소중해지고 우선순위에 더 집중할 수 있기 때문이죠.

문제는 아까 말했듯이 죽음을 실감하기 어렵다는 데 있습니다. 죽음은 우리 삶의 일부이고, 굉장히 자연스러운 일임에도 우리 사회도 '죽음'에 대해 말하는 것을 외면하잖아요? 죽음에 대한 이야기를 꺼내는 것은 불행을 자초하는 일이라고 생각하는 미신도 있고요. 하지만 불교에서는 죽음을 자꾸 생각해야 한다고 말합니다.

● S 스님 말씀을 듣다 보니 최근에 제가 생각한 노화의 수용과도 조금 연관이 있는 것 같습니다. 제가 50대 초반인데 이 나이에 이르고 보니 늙음에 관해 자주 생각하게 됩니다. 50대에 들어서자 자꾸 몸의 여기저기가 아프고, 염색 주기가 한 달로 짧아지고, 감각도 점점 무뎌지는 것 같고, 청년들이 저를 대할 때 조심스러워하는 것도 느껴집니다. 그럴 땐 나이 먹는 것이 서글퍼집니다.

그런 한편으로 올해 들어 좀 신기한 경험을 하게 됐어요. 작년까지만 해도 늙어 보이기 싫어서 염색도 악을 쓰고 하고, 피부 관리도 열심히 하려고 애쓰고, 체중이 늘면 더 늙어 보일까봐 다이어트도 하고 그랬는데요. 어느 순간 좀 늙어 보이면 어때? 좀 나이 들어 보이면 어때? 하고 생각하니 놀라운 평화가 찾아왔습니다. 이제 나이가 들었고 노년으로 서서히 가고 있다는 현실을 인정하니 외면보다 본질에 집중할 시간이 늘어났다고 할까요? 아마 저는 젊음에 집착하고 있었던 것 같아요. 그런데 이제 노화를 서서히 받아들이게 됐으니 언젠가는 죽음도 좀 더 편하게 바라볼 수 있지 않을까 하는 기대가 생겼습니다.

우리가 알아야 할 것은
두려움을 경험하더라도
괜찮을 거라는 겁니다.
두려움이 있는 곳에서
통찰과 자유를 찾을 수 있어요.

죽을 운명이라는 것을 받아들이면
그 두려움은 사라집니다.
그리고 더 좋은 혜택들이 옵니다.
유한한 시간이 소중해지고
이 생에 대한 집착이 없어지죠.
그 집착을 놓을 수 있다면,
죽음을 받아들일 수 있게 됩니다.

자신을 기다려 주세요

#청년자살 #집착

🖋 S   추석과 같은 큰 명절에 더 눈에 띄는 기사가 청년들의 자살인 것 같아요. 실제로 코로나 이후 청년 자살이 두 배 이상 늘었다고 해요. 요즘에 또 사회적으로 이슈가 되고 있는 문제가 보육원 청년들의 자살 문제잖아요. 아시겠지만 18세가 되면 보육원에서 나와서 혼자 살아야 하거든요. 갑자기 혼자 나와 살려면 얼마나 힘들겠어요.

2022년 8월 25일 뉴시스에 나온 '보육원 출신 잇단 비극'이란 제목의 기사가 있어요. 생활고와 외로움을 이유로 보육원 출신 청년들이 잇따라 자살해 안타깝다는 내용이었죠.

그리고 보육원에서 자란 청년들에 대한 인터뷰 기사를 보고 충격을 받은 적도 있습니다. 보육원에 있을 때도 우리들이 생각하는 것처럼 쾌적한 환경이 결코 아니었고, 보육원을 나와서도 제대로 된 환경에서 살 수 있는 지원이 거의 없어서 평생 힘들게 살아가는 사람들이 많다고 합니다. 그들을 향한 편견과 멸시도 여전하고요. 그래서 자살하는 보육원 출신 청년들이 많다고 해요.

한편으로 이런 생각이 들었어요. 비단 보육원 출신 청년들뿐 아니라 대다수의 청년들에 대해서요. 그들도 집착할 대상이 있어야 삶에 애착을 갖고 살지 않을까 싶은 거죠. 그런데 그런 집착의 대상이, 매달릴 무언가가 없어지다 보니까 삶을 포기하고 죽는 게 아닐까 생각했어요. 집착은 다른 말로 소속감이라고 생각할 수도 있을 것 같아요. 스님은 집착을 버리라고 하시지만, 20대들은 집착할 무언가가 없어서 죽는 게 아닐까, 하는 생각이 들었습니다.

● Y　　집착을 버렸기 때문이라기보다 희망이 없다고 생각해서 죽는 것 아닐까요? 앞에서 말했듯이 죽는 이유는 역설적으로 행복하고 싶기 때문입니다. 그런데 지금은 그

렇지 못한 거죠. 저는 삶의 모든 장애는 포기하는 마음이라고 생각합니다. 청년들의 자살이 더 안타까운 것은 앞으로의 삶에 주어질 좋은 경험, 나쁜 경험을 모두 포기하는 것이기 때문입니다.

좋은 일과 나쁜 일이 번갈아가며 일어나는 게 삶입니다. 누구나 삶의 오르락내리락을 경험합니다. 그걸 알아차리는 게 중요합니다. 계속 좋은 삶도 없고 계속 나쁜 삶도 없어요. 건강에도 오르락내리락이 있고, 돈에도 오르락내리락이 있습니다. 모든 삶이 불확실합니다. 그 불확실함을 받아들여야 합니다.

죽음을 생각하는 청년들이 있다면 이렇게 말해주고 싶습니다. 자신을 기다려주세요. 항상 아프진 않을 거예요. 항상 불안하지 않을 거예요. 항상 우울하지 않을 거예요. 자신에게 시간을 주세요. 마음의 안정을 찾을 때까지, 제정신을 찾을 때까지, 몸과 마음이 편안할 때까지 조금만 인내하세요. 조금만 기다려주세요. 기다리는 이에게 복이 있어요. 기다려주는 것이 사랑입니다.

또 이 이야기도 드리고 싶습니다. 자살은 죽음의 주요 원인 중 하나이지만 다른 원인보다 얘기를 많이 안 합니다. 죽고 싶은 마음은 정말 죽고 싶은 게 아니라 이렇게는 살 수 없다는 마음입니다. 누구의 탓도 아니고 마음이 만든 개념에 지배를 받은 선택입니다. 중생의 묶은 업에서 벗어나지 못하는 겁니다.

한 사람이 자살하면 10명에서 30명에게까지 영향을 미친다고 합니다. 특히 곁에 있던 많은 사람들이 수치심으로 힘들어 합니다. 수치심은 숨기기 때문에 있는 것이며 밝히고 얘기를 하면 약해지고 없어져요. 감정은 외면하면 계속 남아 있고 들어내면 없어져요.

자살도 죽음도 우리 사회에서 지나치게 안 좋게 봐요. 그들의 삶을 축하하고 감사하고 잘 가시라고 보내야 합니다. 그들 생각이 날 때마다 다음과 같은 기도를 짧게 하셔도 좋고요.

고맙습니다.

감사합니다.

덕분입니다.

미안합니다.

행복하세요.

사랑합니다.

아픔을 허용하는 공간과 시간이 필요합니다. 아픔에 공간을 주고 시간이 지나면 좋아집니다.

자신을 기다려주세요.
항상 아프진 않을 거예요.
항상 불안하지 않을 거예요.
항상 우울하지 않을 거예요.
자신에게 시간을 주세요.
마음의 안정을 찾을 때까지,
제정신을 찾을 때까지,
몸과 마음이 편안할 때까지
조금만 인내하세요.
조금만 기다려주세요.

**기다리는 이에게 복이 있어요.
기다려주는 것이 사랑입니다.**

성찰 없이 변화를
바라는 것은 헛된 일입니다

#변화 #나쁜습관 #성찰

◖ S　　사람들은 살아가면서 자신의 인생이 계속 변화하기를, 기왕이면 좀 더 발전하고 성장하길 바라잖아요. 물론 지금 인생이 너무 좋아서 이대로 쭉 죽을 때까지 살고 싶다는 사람도 많을 겁니다. 하지만 저는 변화하는 삶을 원하는 쪽인데요. 변화의 주체인 우리가 아무것도 하지 않아도 우리의 삶이 변할 수 있는지 궁금해요.

　제가 이런 질문을 하는 이유는 불교에서는 "당신이 변화를 원한다고 해서 오는 게 아니라 변화가 너를 찾아오니까 기다려라."라는 식으로 말한다는 느낌이 들어서입니다. 하지만 정말 우리가 두 손 놓고 가만히 있어도 변화가 올까요? 제가 생각하는 불교는 적극적으로 변화를 주도하는 종교라기보다 그저 찾아오는 변화를 수용하라고 말하는 종교 같은데, 스님은 어떻게 생각하시는지 궁금합니다.

● Y 　사람은 자기의 업을 갖고 태어나잖아요? 자기 업에 의해서 움직여요. 그래서 사람들은 자기 업에서 벗어나고 싶어하죠. 그게 자기가 원하는 변화예요.

'업'은 자기 자신의 습관입니다. 우리는 모두 습관적인 삶을 살잖아요? 그리고 그 습관에서 벗어나고 싶어하죠. 게으름이라든지 집착이라든지 그런 것들 말이에요. 대부분 자기계발서는 게으름을 타파하고 일어나라고 말하지 않나요? 불교에서는 자신이 게으른 사람이라는 걸 알아차리는 데서 변화가 온다고 말합니다. 먼저, 나는 게으른 사람이구나, 받아들이는 데서 변화가 온다는 거예요.

아무리 좋은 자기계발서를 읽는다 한들 정말 변화하긴 어렵지 않나요? 우리 주변만 보더라도 나쁜 습관을 이겨내고 변화하는 사람은 많이 없죠. 불교에서 제시하는 변화는 깊은 통찰을 통해 자신을 있는 그대로 받아들이는 데서 시작됩니다. 그러면 자신의 업에서 벗어날 수 있죠. 이것이 알아차림의 뜻입니다. 사람들은 대부분 자신의 삶을 성찰하지 않습니다. 살펴보려고 하지 않아요. 습관적으로 살면서 습관에서 벗어나고 싶어하죠. 하지만 성찰 없이 변화를 바라는 것은, 성찰 없이 변화를 바라며 노력하는 것은 헛된 일입니다.

많은 사람이 알아차림 없이도 자기 의지로 변할 수 있다고 믿습니다. 예를 들면 100명의 사람에게 "당신은 의지력이 강합니까, 약합니까?" 물어보면 뭐라고 답할까요? 약하다고 하겠죠? 그런데 자기 일에서 성공한 사람을 보면 '의지가 강했기 때문이다.'라고 말합니다. 아닙니다. 누구나 자신의 일을 좋아하면 열심히 할 수 있습니다. 모든 인간이 같습니다. 의지력만으로 자신을 변화시켜 원하는 삶을 살 수는 없습니다. 잘못된 생각입니다. 성찰 없이 변화는 이뤄지지 없습니다.

죽음을 받아들이는 태도

#죽음명상루틴 #일기장 #성찰도구

🍎 S   그렇다면 죽음을 생각하는 삶이란 어떤 건가요?
생각만 해도 두려운 죽음을 생각하는 법을 일상의 루틴 속
에 자연스럽게 끼워넣을 방법이 있을까요?

🍐 Y   죽음을 안다는 것은 우리에게 주어진 시간에 한
계가 있다는 것을 알아차리는 겁니다. 예를 들면 원고의
마감이 올 때 우리는 시간의 한계를 알잖아요? 그래서 시
간이 소중하잖아요. 시간을 허투루 쓰지 않고 열심히 글을
쓰게 되죠. 문제는 이 시간의 한계를 많은 사람들이 알아
차리지 못한다는 겁니다. 언제 죽을지 모르니까요.

하지만 죽음을 생각하면 바른 가치관이 세워져요. 예를 들자면 내가 다음 주에 죽는다는 걸 알아요. 그럼 직장에 가서 일을 하실 건가요? 열심히 주식을 할 건가요? 열심히 이성을 만날 건가요? 맛있는 것만 먹으러 다닐 건가요? 아마 대부분 그렇지 않을 거예요. 좀 더 관계를 좋게 정리하고 싶어지지 않을까요? 용서하고 싶고, 좋은 일을 하고 싶고, 베풀고 싶을 것 같아요. 죽음을 알면 이처럼 마음의 방향이 많이 바뀔 거예요.

마찬가지로 죽음을 가장 잘 준비하는 방법은 오늘 하루를 의미 있게 보내는 겁니다. 후회 없이 죽기 위해 하루하루를 후회 없이 사는 겁니다.

🔖 S　　조금 더 구체적인 방법이 있을까요? 이를테면 스님만의 꿀팁을 알려주세요.

🔖 Y　　죽음을 생각하는 방법으로 아래와 같은 실천을 권하고 싶습니다. 아침에 세 가지 약속으로 하루를 시작하고 저녁에 약속을 얼마나 지키는지 살펴보면서 하루를 마무리해보세요. 내가 어떻게 살았는지 알아차리는 것이 삶

을 바꿔주거든요. 앎이 삶을 바꿔요.

첫째, 죽음을 위한 약속을 하세요. 죽음을 가장 잘 준비하는 방법은 오늘 하루를 의미 있게 보내는 겁니다. 후회 없이 죽기 위해 하루하루를 후회 없이 사는 겁니다. 시간이 삶입니다. 아침에는 시간을 잘 쓰겠다고 약속하고 저녁에는 시간을 어떻게 활용했는지 살펴봅니다. 하지만 후회가 모두 나쁜 것은 아닙니다. 앞을 보는 후회는 우리 삶에서 중요합니다. 내가 잘하는 것은 스스로 격려해주세요. 선한 격려입니다.

둘째, 중생을 위한 약속을 하세요. 한순간도 아집을 마음에 자리 잡게 두지 말고 직접적으로 또한 간접적으로 중생을 이롭게 하는 것입니다. 아침에는 보리심을 약속하고 저녁에는 보리심을 얼마나 키웠는지 살펴봅니다.

셋째, 본성을 위한 약속을 하세요. 생각을 굴리는 것은 늘 평화롭고 자유롭고 언제나 가능한 본성을 배신하는 겁니다. 오직 모를 뿐! 모든 허물과 고통은 생각을 굴려서 있는 겁니다. 아침에 생각 없는 깨어있음을 유지하겠다고 약속하고 저녁에 얼마나 깨어 있었는지 살펴봅니다.

아침에는 결심으로 시작하고 저녁에는 친절하게 하루

를 돌아봅니다. 아침의 발원은 하루의 지침과 힘이 되고 저녁의 성찰은 성장과 변화를 만듭니다.

나의 종교는 시간, 중생, 그리고 알아차림입니다.

● S   저도 알아차림의 방법을 한 가지 보태고 싶어요. 제가 '10년 일기장'이라는 걸 쓰거든요. 햇수로 4년 차가 됐어요. 많은 분이 10년 일기장이라고 하면 어떻게 생긴 건지 궁금해하는데, 10년 치를 한 번에 볼 수 있게 디자인한 일기장이에요. 한 출판사의 펀딩에 참여해서 장만했죠.

10년의 하루를 한눈에 볼 수 있게 디자인한 일기장이라 칸이 아주 작아요. 매일 세 칸을 쓸 수 있어요. 이쪽 페이지에 5년치 이쪽 페이지에 5년치 해서 이렇게 딱 펼치면 10년이 보여요. 그러니까 오늘이 9월 11일이면, 3년 동안의 9월 11일이 한눈에 보여요. 내가 작년에 어땠고, 재작년에 어땠고, 그전에 어땠는지 다 보여요. 그게 4년치 일기가 쌓이다 보니까 지난 4년 동안 같은 날 내가 뭘 하고 어떤 생각을 하고 어떤 이벤트가 있었는지 살펴보는 재미가 쏠쏠한데요.

어느 날 일기를 쓰려고 밤에 일기장을 펼쳤는데, 제가

계속 비슷한 패턴으로 생각하고 똑같은 문제로 고민하고 괴로워하면서 실천은 별로 안 하며 살고 있더라고요. 계속 내가 편하고 좋아하는 방식으로만 일상을 영위하니까 정작 도전해야겠다 싶은 일은 하나도 안 하고요. 그걸 봤을 때 머리를 망치로 얻어맞은 듯한 충격이 오더라고요. 이러다간 정말 한 치도 달라지지 않은 생활이 10년 내내 이어지겠구나. 그래서 정말 쓰고 싶었던 소설도 쓰며 저 자신을 위해 살게 됐어요. 10년 일기장이 결국 저의 변화를 추동한 셈이죠.

요즘도 밤마다 10년 일기장을 펼치며 전보다 더 꼼꼼하게 과거의 하루하루를 살펴보고, 제가 얼마나 달라졌는지 체크합니다. 그 속엔 여전한 제 자신도 있지만 미세하게 달라진 저의 모습도 있어서 흐뭇할 때도 있어요.

● Y 좋은 성찰 도구네요. 제가 이야기한 세 가지 약속처럼요. 그와 같이 자기 자신을 성찰하며 하루하루를 의미 있게, 양심적으로 산다면 잠을 잘 때 정말 편하게 잘 수 있어요. 누군가에게 도움이 되는 하루를 보냈다면 그것만으로 보람이 되고, 충만감과 행복감도 들지요. 반대로 누군

가와 싸웠다거나 좁은 마음으로 인색하게 굴었다면 후회가 남겠죠. 그걸 알아차리고 후회가 남지 않는 하루를 보낼 수 있도록 노력하는 것이 중요합니다. 그런 하루하루가 쌓이면 늙어서도 마음이 편해요. 죽을 때도 마음 편히 죽을 수 있어요.

어떻게 보면 삶의 가장 중요한 과제는 마음 편히 죽는 거라고 할 수 있어요. 마찬가지입니다. 후회 없이 잠들 수 있도록 하루하루를 의미 있게, 열심히 사는 것이 죽음을 준비하는 가장 좋은 방법입니다. 잘 사는 사람은 두 번 행복을 누립니다. 잘 살면서 행복을 누리고 또 늙어서 뒤를 돌아볼 때도 행복합니다. 두 번 행복을 누리는 삶을 살길 바랍니다.

◍ S   죽음명상을 할 수 있는 구체적인 방법을 소개해 주시겠어요? 일상에서 쉽게 실천할 수 있는 방법이요.

◍ Y   죽음명상의 세 가지 요소를 소개합니다.

1. 나는 언젠간 이 생에 없을 것이다. 나는 늙고 병들고

죽을 것이다!

2. 오늘 죽을 수 있는 가능성이 있다! 죽는 날이 오늘일 까?

3. 죽을 때가 되면 나의 재산, 나의 몸, 내가 아는 모든 사람들이 무능하고 도움이 하나도 되지 않는다. 오직 마음공부만 도움이 되고 가져가는 것이다.

매일 죽음을 새벽, 오전, 오후, 저녁에 생각해야 한다고 합니다. 죽는다는 걸 알고 언제든 죽을 수 있다는 가능성을 인정하면 시간이 너무 아깝고 모든 인연이 소중하고 무기력과 망상에서 깨어나게 돼요.

죽음을 생각하지 않으면 수행을 제대로 못하고 이 생을 허비하기 마련이에요!

"나는 분명히 죽을 것이다! 오늘 죽을 수 있다! 죽을 때 오직 명상만 도움이 된다!"

잠을 깨요. 꿈을 깨요. 죽음을 준비해야 합니다.

우리의 고통이 조금이라도
덜어질 수 있다면

—

박산호

오래전 미치 앨봄이 쓴 《모리와 함께한 화요일》이란 책을 읽은 적이 있다. 루게릭병에 걸린 모리 슈워츠 교수를 옛 제자인 미치 앨봄이 화요일마다 찾아가 삶에 대한 이야기를 나눈 내용을 담고 있는 그 책은 아주 감동적이었다. 그런데 그 책을 읽으면서 이런 생각을 한 적이 있었다. 미치 앨봄이 부럽다는 생각. 나이를 먹고 어른이 되어도 당최 어떻게 살아야 할지 잘 모르겠는 막막한 때 그렇게 위대한 스승을 찾아가서 인생을 관통하는 반짝이는 지혜를 들을 수 있는 그는 얼마나 행운아인가?

그렇게 미치 앨봄을 막연히 부러워할 때는 몰랐다. 아주 오랜 시간이 흐른 후에 나에게도 비슷한 기회가 찾아오리라는 걸. 물론 나에겐 미래를 내다보는 신통력이 없으니 모를 수밖에 없었지만. 1년 전 어느 날 나에게 페이스북으로 메시지가 하나 왔다. 자신을 한 출판사 대표라고 소개하며 용수 스님과 에세이를 만들고 싶은데, 스님이 나와 함께 대담 형식으로 책을 만들고 싶어한다고. 그러니 같이 책을 만들면 어떻겠냐는 뜻밖의 제안이었다.

그 메시지를 받았을 때 사실 나는 용수 스님이 누군지 알고 있었다. 페이스북에서 나와 친한 친구들이 용수 스님 포스팅을 종종 공유했는데, 그 솔직하고 꾸밈없는 글 속에 깊은 성찰과 통찰력이 보였다. 그래서 페이스북 친구 신청도 했는데 받아주시지 않더니 느닷없이 그런 제안을 하셨다고? 나를 콕 집어 지명하셨다는 스님의 의도가 궁금해서 일단 만나보자고 했다. 그렇게 밝은 햇빛이 물결처럼 흘러 들어오고 널찍한 탁자가 있는 곳에서 우리는 삼자 대면을 했다. 스님은 우리가 이렇게 만나게 된 것을 '인연'이라는 말로 간단하게 결론을 내리셨다. 나는 그저 "네……"하고 수긍할 수밖에 없었다.

그때부터 이어진 스님과의 인터뷰는 회를 거듭할수록 점점 설레는 마음으로 기다리게 되는 일상의 작은 이벤트 같았다. 갈 때마다 손수 끓여주시는 맛있는 카페라떼를 마시며 우리는 이야기를 나눴다. 주로 내가 속세의 고단하고 복잡하고 시끄러운 인간사에 관련된 질문을 노골적으로 던지면, 스님은 종종 눈을 지그시 감은 채 당신이 생각하는 대처법이나 인간과 불교의 본질에 관해 이야기해주셨다. 미국에서 오래 살았던 스님의 조금 어눌한 한국어는 그래서 오히려 더 명쾌하고 이해하기 쉬운 면도 있었다.

어쩌면 티베트 불교가 아주 친절하고 다정한 종교라서 그럴지도 모르고.

처음 스님 말씀을 들을 때는 이해하지 못하는 단어들이 자주 나왔다. 그중에서도 "업이 올라온다."라는 말씀은 매번 들어도 아리송했다. 그래도 나는 끊임없이 묻고 스님은 인내심을 가지고 설명해주셨다. 그렇게 나는 현대인들의 영원한 동반자이자 필요악이며 마약과도 같은 SNS에 대해, 불안에 대해, 고독에 대해, 시기와 질투에 대해, 돈에 대해, 죽음에 대해 질문했다. 스님이 척척박사도 아닌데 내가 던지는 다양한 질문에 항상 완벽한 대답을 내놓으신 건 아니었다. 때로는 내가 장난치듯 대들거나 반문한 적도 많았다. 그러나 스님과의 대담을 통해 스님의 다정하고 따뜻한 말씀이 나의 내면에, 나의 태도에, 나의 마음에 서서히 스며들었다.

그렇게 여러 번의 계절이 지나가면서 우리는(스님과 출판사 대표님과 나) 차츰 가까워졌고, 친한 친구나 가족에게도 하기 힘든 무겁고 심각한 주제로 거리낌 없이 이야기를 나누게 됐으며, 무엇보다 솔직하게 이 대담에 응했다.

여기 나온 질문과 대답은 남에게 말할 수 없는 다양한 문제로 고민하고 괴로워하는 독자들에게 조금이나마 도움이 되고 싶은 의도로 풀어낸 것이다. 그러니 이 대담을 읽고 마음을 짓누르는 고통이 조금이나마 덜어졌다면 이 책을 만드는 데 힘을 보탠 사람으로서 아주 기쁠 것이다.

마지막으로 항상 아낌없이 지혜와 성찰을 나눠주신 용수 스님과 인터뷰 때마다 나를 픽업하러 와주고, 우리의 난삽한 인터뷰 원고를 깔끔하게 정리해주신 강미선 대표님에게 사랑과 존경을 보낸다.